中国現代文学

第22号

中国現代文学翻訳会

目次

【小説】

❖『中国現代文学』は現代中国の文学を紹介する翻訳誌です。
❖同人の相互検討によって、よりよい作品選択と翻訳を目指します。
❖年二回刊行します。

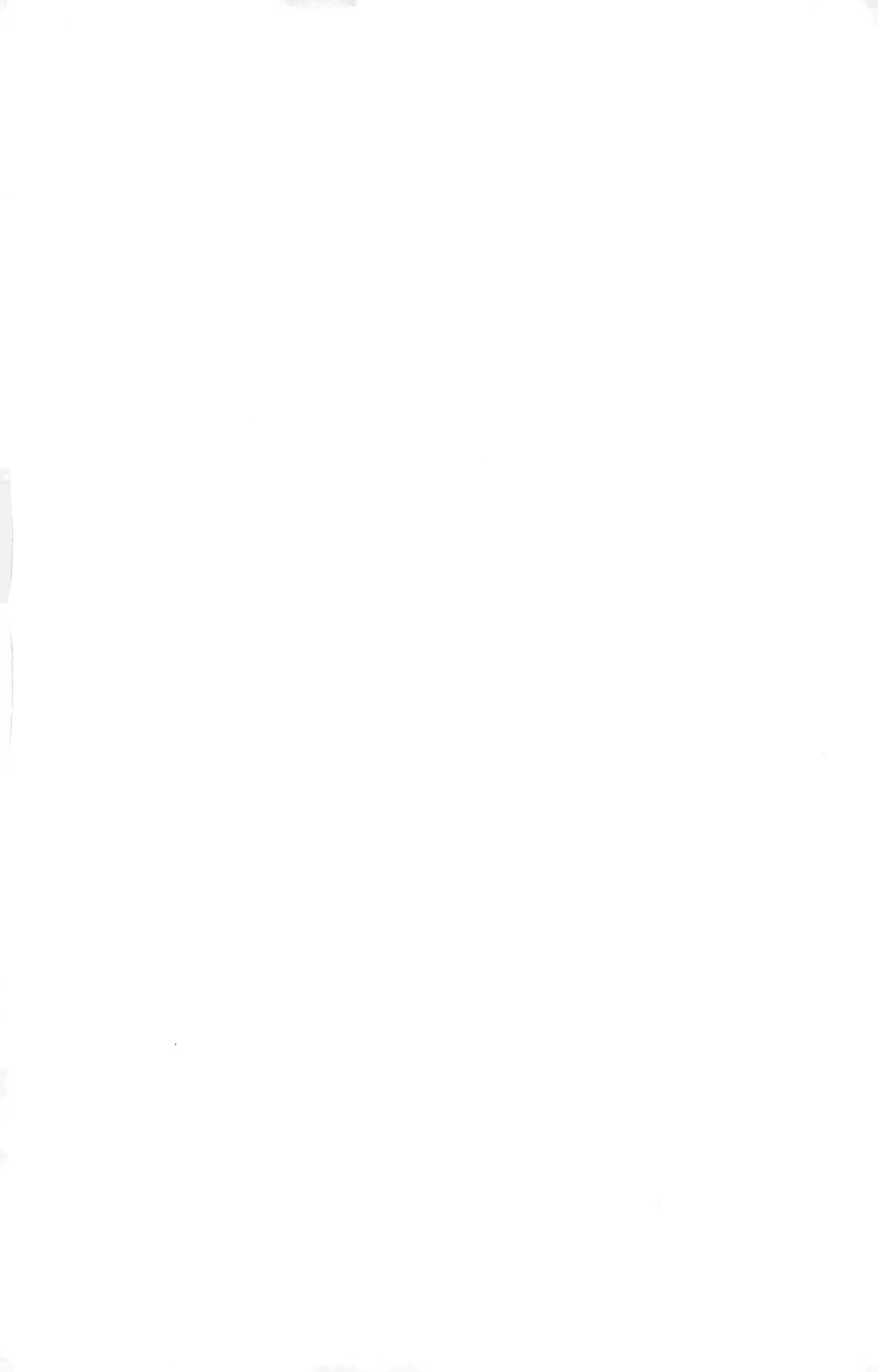

遠くへ行くんだ

郝 景芳

上原 かおり訳

原題 〈去遠方〉

初出 《去遠方》江蘇鳳凰文芸出版社 2016年6月

テクスト 同上

作者 【かく けいほう Hao Jingfang】

1984年天津生まれ

列車の窓の外、イギリスのトウモロコシ畑。田園風景、読書、アメリカの原野を思わせる「レジェンド・オブ・フォール」の調べ。

空は青く、視界は彼方まで広がる。

わたしは読書に集中できず、少し読んでは気が散り、また読んでは気が散る。『江村経済』*。本をテーブルにふせてノートをとり始める。万年筆が紙の上を走り、さらさらと心地よい音がする。淡いブルー、空と同じ色だ。

窓の外のトウモロコシ畑。風景、読書。わたしは一つ一つ書く。黄金色(こがねいろ)の畑、丘の稜線は緩やかで、赤い屋根の家が、ぽつりぽつりとあって、林が見える。字を書く手が震えて、列車がレールの継ぎ目を越えるたびに字がゆがむ。丘に降り注ぐ陽光、道路、小さな自動車。花園(ガーデン)のある家々。窓の外のトウモロコシ畑、風景、読書。見渡す限りの平原。風が見える。葦のように高く伸びた草、黄色い野菊、大地の息吹を感じさせる。畑は一枚一枚大きく、整えられている。家の入口には郵便受けがあり、滑り台、カラフルな子供用自転車がある。家の中には水洗トイレがある。なんと贅沢なことだろう。

わたしは手を止めた。インクが切れたようだ。字がかすれだし、考えに追いつかなくなった。

「ペンを持っていますか?」わたしは旅の同伴者にたずねた。

彼も持っていなかった。

わたしはあちこち探したが、結局あきらめた。

「いいや。もう書くのはやめよう。どっちみち無駄だもの」


*『江村経済』同名の書籍に、実在した社会学者・人類学者、費孝通(一九一〇〜二〇〇五)の、フィールドワークに基づく中国経済・社会・文化に関する著作がある。執筆は一九三八年、原著は一九三九年出版の *Peasant Life in China.*

ノートを閉じて、また本を開いた。本の中には、小さな水田、鉄製のまぐわ、木製の用水路、肥だめ、帆掛け船のことが書かれている。嫁入り道具となる二百元*分もの服や日用品のことが書かれている。これら全ては、あまりに異なる。イヤホンから流れる旋律が次第に大きくなり、まるで天と地の間の幕が開いたかのように、どこまでも続く草原から、一人の後ろ姿が立ち現れ、風のなかに消えていった。わたしの心は三つの風景で混乱した。長閑なイギリスの田園。ごちゃごちゃして古ぼけた中国の農村。広々として豪快なアメリカの原野。視覚、文字、音楽、三つの感覚が溶けて心象となり、どれがよりリアルなのか、わからなくなった。

わたしは目にしたものを書き留めて、もう長いこと書きあげられずにいる修士論文を完成させたいと思っている。ところが景色はわたしの目の前を飛ぶように去ってしまい、何一つ記録できない。

わたしの旅の同伴者は黙って温かく付き添ってくれている。彼は広い世間を見てきたので、わたしの戸惑いを理解している。わたしの戸惑いは実に平凡なもので、故郷を離れて異郷の田舎を目にしたばかりの者なら、誰もがこの多重の心象に衝撃を受けたことがあるだろう。彼もそんな経験をしたから、それが大したことではないのもわかっている。これは始まりに過ぎず、旅路はまだ長い。彼はわたしに教えるのではなく、ただ黙って付き添っている。

わたしの同伴者は伝奇的な色彩を帯びた老人だ。苦労を重ねてきたため、人生の浮き沈みにも動じなくなった。彼は二度の世界大戦の間に生まれ、幼少期の記憶は流亡と共にある。十歳の時に戦争が勃発し、八年後にはまた別の戦争が起きた。十代の頃に米国の叔父の家に何年か

*二百元
費孝通『江村経済』に、上海市中心から百キロほど離れた、総戸数の七六パーセントが農業・養蚕業を営む開弦弓村の調査結果として、婚約時に二～四百元を使うことが記されている。なお、自給自足に近い生活を営む同村の一般家庭の最低限の年間生活費を二六三元と推算している。

身を寄せ、流亡の避難生活を送った。戦争が終わってようやく国に帰り、家族に再会したが、この時、父親と生き別れになってしまったことを知った。彼の父親は海峡の向こう側に行ってしまったのだ。一方、彼と母親は北方の農場でその後の五十年を過ごした。父親がその後に過ごすことになった島に、彼は行ったことはなかった。国内で大学に進学したが、少年時代の海外経験のために怪しまれ、三度、右派と見なされた。二度名誉回復したが、三度目には追放されてしまった。彼は生涯、執筆を生業とし、農村を研究した。わたしのように、ペンでノートに淡いブルーの空を描いたのだ。彼は何本もの万年筆を壊れるまで使った。あの追放された歳月、寂しい耕地の傍らで、他人が昼寝をしている間に十冊のノートを文字で埋め尽くした。生涯、農村のために書いたのだ。彼はその後また国を出た。もう誰も彼に始末書を書くよう急き立てることのなくなった時代に、多くの国を訪れ、多くの農村の姿を見た。その頃には、どこへ行っても賓客としてもてなされたが、もうその頃には、もはやどんな席に座らされようとも全く気にならなかった。

そしていま、彼はわたしのそばにいる。波乱に満ちた旅のあらゆる苦労の影は薄らぎ、わたしの祖父のように穏やかだ。

わたしは論文を書き始めて一年になるが、永遠に書き上げられないかもしれない。

白い紙は悲嘆の色を帯び、わたしは豊かな自然のありとあらゆるものを思いながら、自分は非力だという思いがますます募った。目にしたあらゆる物、意味深長なあらゆる物事、比較に値するあらゆる物事を書き留めるなんて永遠にできっこないと考えた。それらはまるで、陽光をあびる葦のように、一本一本が、生と死の神秘を無限にはらんでいる。しかしわたしは、もう永遠に書き記すことができなくなりそうなのだ。

　わたしはうつむき、ふと見ると、水筒が空になっていた。

「ちょっと待っててください、水をもらって来ます。すぐに戻ります」

　わたしは同伴者にことわると、立ち上がって隣の車両へ向かった。イギリスの列車はたいてい空いている。空席が多く、まばらな乗客の大半は静かに座っていて、どの人も小説を手にしている。軽量の黒ずんだ紙を使った本は厚くても軽く、表紙には金字でタイトルが記され、読者の目はもう一つの時空を見ている。誰もが本に夢中で、この車両にはいない。あるいは、誰もがわたしのように命についての様々な疑問を胸の内に抱えているのかもしれないが、誰もそれを口にしない。言葉の激しい勢いにまかせて肉体の栓を押し開ける者はなく、わたしもやはり口を閉じたまま、ゆっくりと彼らの横を通り過ぎる。わたしは人々がなぜ口を開かないのか知っている。心に疑問が生じるよりも恐ろしい事はただ一つ、その疑問を白日のもとに晒すことだ。干乾びゆく天日干しの魚のように。

　わたしは車両を仕切るガラスの扉に向かった。ガラスの水筒を手に握って。

　突然、窓の外一面に、うなだれた黒いヒマワリが現れた。地に伏せ嘆き悲しむさまは、まるで辺り一面が崩壊した夢のようだ。太陽は相変わらず照り輝いているのに、黒い海原が突然現れ、大地の上を連綿と起伏している。大きな花冠は群れを成してうつむき、花弁は干乾びて弱々しく、茎は重荷に耐え兼ねているようだ。わたしはこの光景に心が沈んだ。頭の中で、さっき伏せた本の中の一節がこだました。「我々はますます切実に、これらの知識を必要としている。なぜならこの国はもうこれ以上、如何なる財産もエネルギーも失策によって損耗することに堪えられないからだ」これは一九三八年の言葉だ。イヤホンから流れる音楽が、エドワード・エルガーのチェロ協奏曲の絶望のクライマックスに変わった。

車両の扉は重く、力を入れてようやくスライドさせると、とたんに音の熱波がわたしを包んだ。

三人の男が扉に一番近いテーブルの席に座ってトランプをしている。三人ともランニングシャツに化繊の半袖シャツをはおり、胸をはだけている。闘地主（ドウディージュー）*をやっているのだと、一目ですぐにわかった。男たちはカードをたたきつけながら大声をあげている。二人の農民は上機嫌で攻め、地主を窮地に追い込んでいるようだ。地主は手札をしっかり持ってぶつぶつ呟き、額にはすでに汗が噴き出している。「ついてない」、「こんなことなら地主になるんじゃなかった」と、しきりにぼやくと、農民の一人が、あざ笑うように言った。「お前の手札は悪くないぜ、お前が自分で下手をこいたんだ」地主の男は汗をふいて言った。「ちょっとぐらい札が良くたって、お前らと大してかわらない。多勢に無勢だ」農民の男が笑った。「自分で地主になったんだろ、自業自得だ」二人の農民は間もなく勝ちを決めると、笑って歓声をあげ、負けた地主の手元からそれぞれ一元をせしめ、手をたたいて勝利を祝った。縁のよれたハートやスペードが再びテーブルの上に広げられ、汗のにおいと共に再びかき集められた。全てのカー

＊闘地主
トランプゲームの一種。一人の地主役と二人の農民チームの三人で遊び、上がりの早さを競う。

ドは無差別にシャッフルされ、振り分けられ、新たにゲームが始まった。こうしてすぐにまた新たな地主が生まれて、形勢が変わった。さっき農民だった男は挑戦を受けて立つ側になった。天下の支配者が替わり、さっきまでの地主は袖をたくし上げて手のひらに唾を吐き、カードを手に取ると、ようやく顔に笑みを浮かべ、全身全霊で新たな戦いに挑んだ。彼らはゲームに熱中し、天下は乱れに乱れ、ほかのことには構わなかった。

わたしはなんとか前の方へと歩みを進めた。トランプに興じる男たちの後ろでは何人かがヒマワリの種をかじりながら雑談をしていて、落ち着いた様子だ。さらに先には、またトランプをしている人がいて、騒がしい声をあげて通路を塞いでいる。この車両の中でトランプをしていないのは、目の前のこの人たちだけのようだ。わたしはすぐには通り抜けられないと見て、彼らの横に腰を下ろした。二等車の緑色の座席は心地よい。硬くて無骨な感じがするが、身体を寄せ合って座るので心が和むし、ライトやイヤホン、空調など、ごちゃごちゃと余計なものはついていていない。

そこにいた人たちは、それぞれ違った身なりをしていた。わたしよりも何歳か年上の若い農婦、古い大きなリュックサックを背負った十代の青年、灰色の中山服を着た町の中年男性、そしてもう一人、ズボンの裾をたくしあげた裸足のお爺さん。紺の上着を着ていて、座席の上にしゃがんで座り、ザーサイをつまみながらマントウ〔中に餡や具のない中国の蒸しパン〕を美味しそうに食べている。見ているうちに、わたしの空きっ腹がグーグー鳴った。

「すみませんが、まだマントウはありますか？」

「なくなっちまったなあ」お爺さんは首を横にふった。「食べたいって人が多くてな」

「えっ？　そんなに多くの人が欲しがったのですか？」

「へえ、知らんのか？　多いのなんのって。わしからもらうんじゃなくて、列車からもらうんだよ。わしだって列車に乗ったからもらえたんだ。列車に乗らなきゃもらえんよ！　ああ、乗れなかった者がごまんといるんだ。あんたは新入りだね、見たことない顔だ。人が多かった頃はなあ、みんなが列車を追いかけて走ったもんさ。道端から手を伸ばして列車につかまってよ、がむしゃらに這い登ったんだ。ぎゅうぎゅう詰めで、列車が動けなくなるほどだった。列車はうんうん唸って、人が走るより遅かった。するとみんな後ろから追っかけてなあ、列車を追い越してその先に寝っ転がるやつなんかも出た。自分がひき殺されるだけならまだしも、危うく列車をひっくり返すところだったよ。わしもそうやって這い登って来たんだ。山の斜面から、えいっと飛び乗ってな、危うく振り落とされて死ぬところだった。あの頃、振り落とされて死んだ者は多かったなあ。餓死した者はもっと多かった。殴り殺されたのも何人かいる。草に覆われた窪地を適当に掘り返せば、どこでも死人が出てきた。それでもみんな命知らずに突進したもんだよ」

「ほんとですか？」わけがわからなくなりながら、その話を頭の中で思い描いた。「それならこの列車はずいぶん頑丈なんですね」

「その通り！」お爺さんは何度も頷いた。「頑丈なもんだよ！　だから乗ったほうがいいのさ」

「乗り込めなかった人たちは、その後どうなったんですか？」

「食いっぱぐれよ！」

「どれだけの人がいたんですか？」

お爺さんは頭をさすりながらちょっと考えたが、答えられなかった。食べかけのマントウを握りしめ、なかなか食べ終わらない。

そばにいた中年の男性がかわりに答えた。「一四京七八六〇兆二九三一億二四五八万六七〇二人」

わたしはいぶかった。「そんなに正確にわかるんですか？」

男性は脇に積んだノートを指差して言った。「わたしはずっと記録しているからね」

「あなたも列車に這い登って来たのですか？」

男性は頷いた。「と言っても、わたしが乗ったのは彼らより前だ。いまの運転士よりも前だよ」

「ああ、列車が発車する前に乗り込んだのですね？」

「いや。この列車はずっと走っていてね、いまの運転士の前には別の運転士がいたんだ」

「そういうことなんですね」わたしはにわかに合点がいって頷いた。「ということは、あなたはここで人数を記録する仕事を担当しているのですね」

「人数と、マントウの数をね」

お爺さんが口を挟んだ。「数字を信じちゃいけない。数字は一番信用できんぞ」

「そんなわけないでしょう」わたしは言った。「数値データは一番説得力があるんですよ」

「信用できん」お爺さんはわけを説明できなかったが、世の移り変わりを経験した者らしく首を横に振った。「数字が一番信用できん」

その後、しばらく静かになった。わたしは黙って本を読み始めた。彼らはヒマワリの種をかじっている。カリッカリッと殻を割る澄んだ音が、トランプに興じる人たちの騒々しい声の中で、ことのほか軽やかだ。唇と歯の間からもれる軽やかな音が辺りをいっそう静かにし、ここにいる数人はほかの者と切り離されたかのようだ。わたしは時々顔をあげて窓の外を見た。電信柱が規則正しく過ぎて行き、大きく区切られた田畑は格子柄の布団のようで、色鮮やかで美しく、山の中腹まで広がっている。黄金色は枯れた麦、くすんだ赤は発育不良のトウモロコシ、灰黒色（かいこくしょく）は棘のある、葉のない枝。いろんな色がある。時々、辺鄙な山間の小さな茶畑で、一人で鍬（くわ）を振るっている人が見える。きっと山間にひっそりと暮らす風流な隠遁者だろう。列車が尾根を走り抜けるとき、辺りは明るくなったり暗くなったりした。たいていは、ぱっと一瞬明るくなったかと思うと、すぐにトンネルに入り、しばらく真っ暗闇を走った。トンネルはずいぶん多かった。わたしはあまり読書に集中できなかった。急に明るくなったり暗くなったりするので、焦点が定まらず頭がくらくらしてきた。額の辺りで景色がちらついている。

「せっかくの旅行なのに、なんで本なんか読んでいるんだ？」お爺さんがわたしに話しかけた。「寸暇を惜しんで世間に触れようとは思わんのか？　あんたら読書人は、世間との触れ合いが足りんぞ」

わたしは顔を赤らめ、慌てて頷いた。「おっしゃる通りです」

まだ一言もしゃべっていなかった青年が口を挟んできた。「何の本を読んでいるんですか？」

「『江村経済』よ」わたしは本のタイトルを彼に見せた。

「ああ、江村なら、ぼく知ってます」青年は言った。「実家からわりと近いんです」

「そうなの？」意外な答えに、わたしはちょっと嬉しくなった。

「どうしてその本を読んでいるんですか？」青年がたずねた。

「修士論文を書くためよ。ずいぶん長いこと取組んでいるけど、まだ書き終わらないの」

「どうして書き終わらないんですか？」

「いつも書き進められなくなってしまうの。座って白い紙に向かっていると、いつもこう思ってしまうの。こんなに真面目に書くのと、不真面目に書くのと、結局違いはあるのだろうか、って。人はどのみち死んでしまう。千の言葉を口にするのも、一つの言葉を口にするのも同じ事で、完成するもしないも変わらないんじゃないかって。ちょうどこの車両みたいに、わたしたちは最終的にみんな駅に着くでしょ。ここで大声をあげようが、静かに座っていようが、最後はみんな一緒に列車を降りるでしょ。声をあげたからって、何か違いがあるわけではないのよ。書いても書かなくても、終点は同じなのよ」

「だから書かないというわけですか？」

「そうでもないの」わたしは正直に話した。「ただ、書こうとすると、いつもそんなふうにあれこれ考えてしまって、時間ばかり無駄に過ぎてしまうの。書くべきことを書いていないし、読むべき本も読んでいないから、書き終わらないのも当然なのよ」

「全ての人の終点が同じなんてことはないよ」ずっと黙っていた若い農婦が口を開いた。「母さんが言ったんだよ。この一生、気をつけて道を見ていれば、次に生まれた時には正しい車に乗れる、そうすれば来世からは、終点は違ってくる、って」

「降りてからまた乗ることなんてできるんですか？」わたしは言った。「遊園地の観覧車じゃあるまいし」

「あんたはわかってないよ」彼女は首を横にふり、窓の外を見つめ、荷物をぎゅっと抱きしめた。

「あの、これからどこへ行くんですか？」わたしは彼女にたずねた。

「夫を探しに行くんだよ」

「どこへ探しに？」

「わからないんだ」彼女は虚空の一点を見つめた。「だけど、わたしは気をつけて待っているんだ。来世にはきっと見つけられるよ」

青年はわたしたちの悲観的な話には同調せず、こう言った。「列車の中だって大きな世界ですよ。下車するまでに多くの事を体験できるんですから。この列車の車両を一巡りするだけでも価値があります。それに、道を見ることを学んで、周囲の道を見極めることができれば、運転士に伝えることだってできます。もしも運転士が方向を間違えてしまったら正すことができます。そうでないと、ぼくらはみんな目的地にたどり着けませんよね？」

わたしは青年を見た。彼の目の輝きは、あごの髭のように柔らかく生き生きとしていて、ざらついた空気の膜にまだ覆われていなかった。彼はまだ若く、死から遥か遠くにいる。わたしは中山服を着た中年男性を見た。彼はさっきからずっと話に入って来ない。どうやらもう、こういう話題には興味を感じないようだ。心の中には答えがあるが、それを口に出そうとは思わない年齢に達したのだろう。

「あなたはどう考えますか？」わたしは男性にたずねた。「あなたは、もしも記録してきた数値が結局は灰になるとわかっていても、苦労して、力を尽くして説いた話が最後に少しも役に立たないとわかっていても、これまでと同じように倦むことなく努力し続けますか？」

彼は答える前に、顔をあげて、積み上げた分厚いノートに目をやった。白い紙が積み上がってできた壁は彼の頭よりも高かった。

「きみに一つ質問がある」彼は穏やかに言った。「二人の予言者がいて、一人は大きな危険を予言し、結果人々は危険を避けることに成功した。もう一人は大きな危険を予言し、結果人々はどうしても避けることができなかった。きみは、どちらの方が予言者として偉大だと思う？」

わたしはちょっと考えて言った。「何を偉大と言うのでしょうか？」

彼はそれには答えず、自嘲気味に笑って言った。「わたしは落とし穴に気づいていながら自分から落ちてしまうような手合いでね」

言葉を返そうとしていると、不意に後ろの方で暴風雨のようなめちゃくちゃな叫び声がして、大きな山のようにどっしりした何かが急速にのしかかって来た。わたしは無意識に避けた。見ると男が一人、わたしの横をかすめて床にドスンと倒れた。さっきトランプをしていた男だ。三人はトランプをするうちに争いになり、手が出てしまったのだ。どうしたわけか、一人が腕を振り回し、もう一人に殴りかかっている。戦術にも戦法にもこだわらず、胸を張るようにふんぞり返り、ランニングシャツが今にもはちきれそうだ。一方、相手の男も目を血走らせて怒り、仲裁者が引き留めようとするのを必死に振り切ろうとしながら、前のめりになって敵に飛びかかろうとし、毒づき、決死の覚悟を決めたかのようにいきり立っている。

「お手上げなんだろ？」一人の男が大声をあげた。「腰抜けの能無しめ！　お手上げなら地主にならなきゃいいんだ。貢ぎ物を食ってた時は余裕ぶっこいてたくせに」

「こん畜生！　誰がお手上げだって？　誰がお手上げだって？」相手の男が声をあげた。「はっきり言えよ！　ばか野郎、ぐちゃぐちゃほざいてんじゃねえよ！　いいきみだぜ、一生農民やってろ。地主になろうなんて、金輪際考えるな！」

　わたしは、二人が大げさにいきり立っているだけで、実際には大した喧嘩ではないように感じた。はったりをかけているだけで、本当に殴り合う気はないようだ。

　わたしは振り返り、そばにいた数人に、小声で聞いた。「みんなトランプをやっているのに、ここではどうしてトランプをやらないのですか？」

　灰色の中山服を着た中年男性が小声で言った。「彼らは再編成を信じているが、わたしたちは信じていないからだよ」

　まさにこの時、事態は急転した。わたしは次の言葉を発する間もなく、つんのめるように突進して来た人とぶつかって床にひっくり返った。テーブルに頭をぶつけ、強い痛みを感じた。目の前を星がちらつき、涙がわっと出て来た。よく見ると、わたしにぶつかった人も、誰かに殴られてひっくり返っていた。痛みに顔をゆがめて腕をさすりながら大声で罵り、立ち上がってやり返そうとしている。わたしが対処する間もなく、またほかの人が爆弾のように床に倒れた。音が全てを飲み込んだ。わたしたちの背後は煮えたぎる粥のような殴り合いになり、ねちゃねちゃの団子みたいに取っ組み合っていて、次から次へと誰かが巻き込まれ、勢いにまかせて争いに加わっている。燎原(りょうげん)の火のように争いが拡大するさまは恐怖を感じさせた。拳と足が車両中を舞い、いくらも経たないうちに、こちらからあちらへと広がり、車両全体が戦場と化した。

青年は農婦のそばに逃げ、両手で頭をかばっている。農婦は壁にくっついて身を縮めている。中年の男性は背を丸め、誰かがぶつかって自分のノートが散らばらないように守っている。お爺さんは食べかけのマントウをはたき落とされ、焦りのあまり涙が出そうになっているので、泣きべそをかいている。みなの足の間を探し回っているが、たびたび拳が飛んできて殴られる。四つん這いになって、わたしは自分のガラスの水筒を抱きしめ、テーブルの下にうずくまった。殴り合う拳と蹴飛ばし合う足が目の前を行ったり来たりし、まるで子供の頃に見た芝居の出し物そっくりだ。

このとき、車両の隅で何かに火がついた。最初は誰も気付かなかったが、火の手が焦げたにおいを放ちながら、鳩のようにひらりひらりとみなの目の前にたどり着くと、混乱を極めた格闘は瞬時にして突然の恐怖に変わった。

「火事だ！　逃げろ！」

誰が叫んだのかわからないが、人々ははっと目が覚めたかのように、狭い出口に押し掛けたり、思い切って窓から飛び降りたりした。何人かは火を消そうとしているが、呼びかけに応じる者はほとんどいない。わたしも人々に挟まれたまま出口まで流された。人々は大声で叫び、押し合って、洪水のようにどんどん流れていった。人込みのなか、ほかの方向へ進むのは難しかった。青年はわたしのそばにいたが、中年の男性は逃げようとしなかった。

「火事です、逃げましょう」わたしは彼を促した。

「きみらは逃げなさい」彼は言った。「わたしはノートを守らなくてはならない」

「何を言ってるんですか、命が危ないって時に、ノートにこだわって何になるというんですか？」

「ノートは重要ではない。だがわたしはこの列車を離れるわけにはいかないんだ」男性は突然、連れて行かれまいとして車窓の辺りの壁に必死につかまった。「きみらにこの列車の重要さがわからなくても、わたしにはわかっている。わたしは昔から乗っているんだ。運転士よりも前からだ。わたしは火を消すから、きみらは逃げなさい」

わたしは彼の話を聞き終わらないうちに、人波に押し流されて出口まで来てしまった。列車はまだ走っていて、ゆっくりとはいえ、やはり大地はドアの外で流れ動いていた。土、石ころ、草が渦巻いて見え、その速さに目が回った。わたしは車両を振り返った。火の手は赤く、群衆の顔には無数の表情があった。人々は熱波の大きな恐怖に追い詰められ、わたしの周りの見知らぬ人々は生への強い欲求をまき散らしていた。わたしは最後に中年の男性が列車の壁につかまっている姿に一瞬目をやり、群衆と共に列車から飛び降り、大地の上に転がり落ちた。男性の身体はまるで壁に貼り付いたかのようで、ポールにしがみつく旗、あるいはポスターのような姿がわたしの脳裏に焼き付いた。

　青年はわたしと一緒に転げ落ちた。しばらくしてやっと、わたしたちは痛みと眩暈から我に返った。青年は自分のリュックサックがまだ列車の中にあることに気づき、わっと泣き出した。彼は列車を追いかけて取り戻そうとしたが、わたしたちの車両はとっくに影も見えぬほど遠のいていた。わたしたちは四方を見回した。だだっ広い荒野はがらんとして、高く伸びた草が地平線の彼方まで延々と生い茂り、低い灌木が生えた所だけが層を成し、わずかな変化はそこだけだった。

　空に黄昏が迫り、空の果ての夕焼けが雄大で美しい。

　わたしはこの時になってようやく、自分の同伴者のことを思い出した。なんとわたしは彼の存在を忘れていたのだ。これは明らかにこの旅行で最も深刻なことで、わたしははっとして跳び上がり、自分も列車を追いかけようとした。青年とわたしは似た者同士だった。二人とも取り乱した小人で、列車の進行方向に向かって脇目もふらず疾走したが、息があがって喉が痛くなるばかりで、列車の影すら見えなかった。

　この時、青年の目に、遠くを走る馬車がちらっと見えた。彼は大声をあげて馬車を呼んだ。わたしも跳び上がって馬車に向かって叫んだ。わたしたちの声は二匹のリスの鳴き声みたいに小さかったが、馬車はわたしたちに気づき、方向を変えて次第にこちらへ近づいて来た。

馬車がついにわたしたちの前で止まった。わたしたちは大喜びした。若者が一人、荷車の前の高々とした椅子に座っており、わたしたちを見下ろしている。彼はとび色のハットをかぶり、ジーンズに房飾りのついたチャップスをはき、見るからに立派なカウボーイだ。その馬車は彼によく似合っていた。頑丈そうな太い轅、木造の小屋のような荷台、軽やかな音の鳴る酒瓶が掛かっている。二頭の馬もとても立派で、胸をはって首を伸ばし、栗色の毛はしっとりとして光沢がある。

「ちょっと乗せてくれませんか？」わたしは彼を仰ぎ見て聞いた。

「どこに行きたいんだ？」

「列車を追いかけたいんです。わたしは旅の同伴者を探しに、彼は自分の荷物を探しに」わたしは青年を示しながら答えた。

カウボーイは頷いて、馬車の後部を振り返って言った。「乗りなよ。俺はこの近くの駅に行く近道を知っている。そこへ行って待つといい。この辺に線路は一本しかないから、その駅で待っていれば、きっと列車が来るはずだ」

わたしたちは感激して馬車に乗ったが、荷台には潜り込まず、彼の横に詰めて腰かけた。彼が馬車を御する動作はきびきびとして洗練されていた。鞭は空中で美しい弧を描き、舌笛の音は馬のために歌うラブソングのようだ。馬車は凄まじい速さで駆け、野外の風がわたしたちの耳元を吹き過ぎた。荒野は地平線の彼方まで続いていて、まるで、この馬車しか存在していないかのようだ。

「どうして列車に乗りたいんだ？」カウボーイがたずねた。

「乗っちゃいけないの？　あなたは列車に乗らないの？」わたしは言った。

「もちろん乗らないさ」彼は肩をすくめた。「俺は一人でいるのが好きなんだ」

「どうして？」

「俺は列車を信じていない。列車はしょっちゅう間違いを起こすから」

「どんな間違いを起こすの？」

「あんたの運が良かっただけだ。運が悪けりゃ、どんなことだって起きるんだ。遅れたり、道を間違えたり、切符に書かれていない場所に停車したり、それに横暴だ。道を間違えても、誰にも口出しさせない。俺は列車は嫌いだ、一人が好きなんだ」

「一人だと間違いを犯さないの？」

「そんなことはないさ」彼は笑った。「でも一人だと、一人分の間違いしか犯さない」

青年は明らかに若者が馬車を御する姿に魅せられており、こうたずねた。「あなたがたはみな、自分で馬車を走らせるんですか？」

若者は得意げに頷いた。「そりゃそうさ。いまはまだ鉄道があるけど、予言しておこう。百年後は間違いなく、なくなっているぞ」

「えっ、列車がなくなるんですか？」青年は声をあげた。「そうなると、ここの人たちは本当に気の毒ですね」

カウボーイは気にかける様子もなく言った。「お互いさまだ」

わたしはやはり列車が好きだ。だからこう言った。「列車の中では、たくさんの人と出会えるし、おしゃべりもできるわ」

カウボーイは言った。「人と出会うと良いことがあるのか？　俺はむしろ人のいない場所に行くのが好きだね」

「えっ、人のいない場所？」青年はまた声をあげた。「人がいない場所へ行って、何をするんですか？」

「やれる事はいっぱいあるさ。ほかの人がやらないからこそ、俺がやる事があるんじゃないか。きみらを送ったら、俺は人のいない場所へ行く。そこで家を建てる。開拓するんだ」

カウボーイはそう言いながら、鞭をかざして地平線の彼方を指し示した。遠くに鏡のような湖水が見え、銀色に輝いている。鳥の群れが夕日に向かって飛び立ち、赤紫色の夕焼けの中で黒いシルエットとなった。青年は遠くを見つめ、ぼんやりと想像に浸っている。

間もなく駅に着いた。小さな駅で、人も多くなかった。切符を売る人が一人、切符を買う人が二人、列車を待つ人が三人。自動販売機が目立つ場所にあって、ずいぶん堂々として見えた。わたしはカウボーイに礼を言って馬車を降りた。青年はどうやら迷っているようだ。

「正直、俺にしてみれば、」カウボーイはにっこり笑って青年に言った。「旅の同伴者を探すとなれば探さなければならないが、荷物は探さなくたっていいんだ。どうしても探し出さなきゃならない荷物なんてあるのかな？　全ては手元を流れる水に過ぎない。俺が本物の荷物を探しに連れて行ってやろう。道こそ荷物。ついて来ればすぐにわかるさ」

青年はもう迷わなかった。カウボーイに向かって力強く頷くと、わたしに手を振って別れを告げ、カウボーイの横に座って馬車を御する格好を真似た。二人は歓声をあげて出発した。馬車は勢いよく走り、静寂の草原を踏みしめて突き進み、風の中に消えていった。地平線の彼方で、夕日がゆっくりと沈んだ。

駅は退屈するほどひっそり静まり返っている。わたしは腰かけて列車を待ったが、いくら待っても来ない。カウボーイは、この辺には一本しか線路がなく、絶対にわたしが乗っていた列車を止めることができると言った。列車はすでに通り過ぎてしまったのだろうか、それとも途中で止まっているのだろうか。もしもあの火事で列車が動けなくなっていたとしたら？わたしにはわからない。どこにも行くあてがなく、ただここに座って大人しく待っているしかないのだ。わたしの乗っていた列車は見えないが、かすかな直感があった。火事は大きかったが、列車はまだ動いていて、来るだろう、ここへ来てわたしを拾ってくれるだろう。これが直感なのかそれとも願望なのかわからないが、いずれにしても、わたしは腰かけたまま、どこにも行くあてはない。

駅に入れ代わり立ち代わり人が訪れ、だんだん賑やかになってきた。出口に何台かタクシーが止まり、その横に長距離バス停ができた。待合室にはレンタカーのサービスカウンターもできて、往来する通行人が多様になってきた。多くの者が、もう列車の切符を買わなくなり、直接レンタカーをかりて、自分で鍵を握っている。駅に元々あった木製の尖塔とローマ数字の大きな時計は囲われて、四方に歴史的説明を記したプレートが設置され、博物館が開設された。小学生の団体が先生の後について入って来た。先生は大きな時計とわたしを指し示して言った。「みなさん見てください。昔の人はこんなふうに無力で、列車が連れて行ってくれるのを待っていたのです。座っている以外に何もできなかったのです。けれども幸運なことに、わたしたちは現在、このようなことはありませんね」

わたしはそれを聞いて奇妙に感じた。どうしてわたしは博物館の一部になったのだろう。列車は時代遅れになったのだろうか？　信じられない。わたしは列車の多くの利点をまだ感じている。人々が列車を必要としなくなったなんて信じられない。列車にはどれだけの人が乗れることか、馬車にはいくらも乗れないのに。プラットホームはがらがらだ。小学生が笑いさざめきながら立ち去ったが、わたしはまだ同じ場所に座っている。もしかしたらカウボーイが言ったことは正しかったのかもしれない。列車はいつも遅れる。我慢の限界を超えて遅れる。一年、二年、何年も。けれどもわたしは、自分が立ち去れないのを知っている。わたしは旅の同伴者を探さなくてはならない。このことを、わたしは忘れてはならないのだ。

列車がついにやって来た。わたしは感激のあまり涙がこぼれた。列車は見たところ頑丈そうで、走りも速い。わたしが乗っていた列車なのかどうか判断がつかなかったが、見たところよく似ている。そこでわたしは飛び乗った。

車両は空いていた。乗客はまばらで、窓の外を眺めながらハンバーガーを食べている。ハンバーガーはどれも大きく、まるでハンバーガーパーティのようだ。わたしは車両を一つ一つ通り抜けたが、旅の同伴者がどこにいるのかわからなかった。

「わたしの同伴者がどこにいるか知っていますか？」わたしはでっぷり太った男性にたずねた。

男性はフライドポテトを食べながら首を横にふった。

「どうしてこんなに大きなハンバーガーを食べているのですか？」

「大きいかい？」彼はいぶかし気に聞き返した。

「ええ大きいですよ。わたしがいつも食べている蒸しパンの三倍はあります」

「そうかな？　こんなハンバーガーなら四つはいけるよ」

「本当ですか？」わたしは目を丸くした。「わたしが知ってるお爺さんは、一個の蒸しパンを何食にも分けて食べることができます」

「どうしてそれで生きていけるんだ？」

「そのお爺さんは……お爺さんは、たぶんあなたの三分の一しか体重がありません」

わたしは目の前の男性と比べながら、記憶の中のきびきびとして機転のきくお爺さんを思い返した。男性は百五十キロはありそうだ。一人で二人掛けのシートいっぱいに座り、まるで肉をシートに広げているようで、手前にある小さなテーブルが肉に食い込んでいる。テーブルの上にはフライドポテトが小山のように積まれている。

男性はわたしが身振り手振りで話すのをぼんやりとした表情で聞き、こうたずねた。「きみらのところでは、みんなそんなに痩せているのか？」

「ええ、だいたいは」

「気の毒だな」

「お互いさまです」わたしはカウボーイの言葉を思い出し、少しむっとして言った。

男性は次のハンバーガーを手に取りながらたずねた。「さっき人を探していると言ってただろう。どんな人を探しているんだ？」

「わたしの旅の同伴者です」

「その人はどこにいるんだ？」

わたしは地名を伝えた。

「ああ、そこへは行けなくなったよ」男性は答えた。「今日はもう遅いから、列車はそこへは行かないことになったんだ。あんたはやっぱり降りた方がいいよ。降りなかったら、そのままシカゴまで連れて行かれるぞ」

「なんですって？」わたしは驚いて言った。「そんなこと、ありえません！　列車はわたしをそこに連れて行ってくれることになっているんですよ」

「あまりに遅れたもんでね。シカゴに直行するしかなくなったんだ」

「でも止まることになっていたんですよ。そういう約束なんです！」

男性は反論するように両手の手のひらを上に向けた。「物事はいつも変わるもんだ。不服ならば、シカゴまで行って訴えるといいさ」

「訴えて、何の役に立つというのですか？　わたしは同伴者を探さなくてはならないんです」

「どうしようもないよ。もう遅いんだ。訴えに行くしかない。あるいは降りて、明日、次の列車を当たってみることだな」

「次の列車なんてありえませんよ」わたしは絶望の声をあげた。

窓の外に大雪が降り始めた。吹雪だ。わたしは生まれてこの方、こんなに激しい吹雪を見たことはなかった。世界中が一面、白銀色になり、窓の近くの電信柱さえはっきり見えない。家屋、樹木、野外の全てが激しく吹きすさぶ白い疾風の中に消え、雪が方向を見失った鳥の群れのように窓に激しくぶつかり、ガラスが曇った。窓の外側に雪が積もり、視界が悪くなって、どの方向に進んでいるのか全くわからなくなり、ただスピード、そしてスピードだけが感じられた。列車は狂ったように疾走し、吹雪も狂ったように疾走した。空はすでに暗く、吹雪が辺りを真っ暗にし、地上の一切の物を覆いつくして、まるで始めから何もなかったかのようだ。

わたしは急に弱気になった。吹雪の中で方向を見失ったのだ。旅の同伴者を探し出すことができず、どこへ進むべきかもわからない。わたしは気が塞いで座席に縮こまり、全てを覆った吹雪に気力を持って行かれてしまった。

「人を探してどうするんだ？」向かい側の太っちょが食べながらたずねた。

わたしは首を横にふり、答えなかった。

「話してみなよ。どうせひまなんだし」

「話したところで役に立たないでしょう？　あなたはわたしを助けることができないわけですし」

「どうせひまなんだし」彼は言った。「あんたが自分のことを話して、俺も自分のことを話せばいいじゃないか」

わたしはやはり首を横にふった。「やっぱり結構です。疲れているんです。話したところで、下車すればやっぱり赤の他人、それぞれの道を行くんですから」

「そんなこと関係ないだろ？」

「もちろん関係あります」わたしは言った。「わたしたちが同郷の者だったり、隣人ならば、お互いに理解することは友情を育むのに役立ちますが、ただ同じ列車に乗っただけの間柄、降りれば別れることになるんですから、何を話す必要があるでしょうか？　理解してもしなくても、どうせ結果は同じです。列車は結局駅に着くし、わたしたちは結局、列車を降りなくてはなりません。列車を降りたらもう会うことはなくなります。何も変えられないのに、何をわざわざ面倒なことをしたがるんですか？」

彼はまた両手の手のひらを上にむけ、言った。「だけど、どこに行ってもこんなもんだろう？」

わたしは本当に疲れた。これ以上話す気になれず、落ち込んだ気分で、黙って腰かけたまま窓の外を眺めた。

わたしは自分がどこへ行こうとしているのかわからないが、心の中ではどこかへ行こうとしている。どこにもたどり着けないとはっきりわかっているのに、どうして独断で旅に出てしまったのだろう。出発の前に親類や友人が毎日のようにわたしを気遣い見守ってくれていたのを思い出した。彼らがわたしのためを思ってくれたのはわかっている。ところがわたしは、それでもこっそり荷物をまとめて飛び出した。ただひたすらに、身体の中に潜んだ力に駆り立てられていた。それはわたしの恐怖、満たされない欲求だった。わたしは自分の生活がこの車両と同じであることに気づいた。その果てにある終点を変えることができないために、全てのことは、やり直す価値がないように感じられた。わたしは自分が最後に直面することになる結末が怖かったのだ。しかし逃げ出したものの、どこへ逃げたらよいのかわからない。

　わたしは夜のとばりを見つめた。激しい吹雪は時空を変える通路のようだ。一瞬、一つの地名が不意にわたしの目に飛び込んだ。地名は木製のプレートに彫られていて、プレートは小さな駅の軒下に掛かっていた。軒下にはランプが灯っていた。ランプの明かりは薄暗く、吹雪の中、限りなく小さな円錐の空間をわずかに照らしていた。

　わたしはドキッとした。そうだ、それはわたしが行くべき場所。列車は止まらない。けれどもついにその場所を通過した。わたしはすぐさま立ち上がって窓にへばりつき、両手をかざして窓の外に目を凝らした。

　わたしは旅の同伴者を見つけた。彼は窓の外、そこに、原野の直中（ただなか）にいた。大雪の中、家を建てていた。シャベルを振るい、暴風に吹かれて右へ左へふらつきながらも、片時も手を休めない。吹雪が彼の両脇を激しい勢いで、凄まじい速さで吹き過ぎている。彼は穴蔵を掘っている。深い穴蔵を掘っている。雪に埋もれた物を一つ一つ掘り出し、両手で抱きかかえ、穴蔵に入れている。その姿は孤独で弱々しく、吹雪の中、いつ倒れてしまうとも知れず、助けてくれる人もいない。けれども彼は、シャベルを振り下ろし、片時も休まない。懸命に、命がけで掘っている。

その時、わたしは感服し、泣いていた。

列車は長い夜をひた走り、四方でたびたび魅惑的な美しい火の光が輝いた。いずれも一瞬のことで、すぐにまた消えた。向かい側に座った太っちょの男性は相変わらず食べ続けている。彼の食べ物はどうやら食べ終わることがないようだ。しかもかなり長い間食べ続けているのに、相変わらずハンバーガーとフライドポテトだ。

列車はとうとうわたしをシカゴに放り出した。

列車を降りたとたん、照明とポスターガールに包囲された。照明の色彩はサイケデリックで、ビルの壁の亀裂を見えなくさせ、ポスターガールの長い足は美しくすべすべで、ミニスカートの丈は見えるか見えないかのぎりぎりのラインまで短く、行き交う人々の誰もが見とれている。夜にもかかわらず、多くの人がロビーを往来し、黒、白、黄、青、緑の肌の人たちが勢ぞろいしている。大勢の人が酒を手に持ち、じゃれあいながら去っていく。美男子が黒いアイシャドーの女の子を抱き、誰かが喧嘩している。オフィスの一室の出入口から紺色の制服姿の、警棒を持った大柄の男が何人か現れた。わたしは辺りを見回すばかりで、どこへ行くべきかわからなかった。同じ列車を降りた旅行客が一緒に訴えに行くかと聞くので、彼の後に着いて鉄道会社の入口まで行ったものの、小さな部屋がぎゅうぎゅう詰めになっているのを目の当たりにして引き返した。わたしは訴えたいとは思っていない、できるだけ早くここを離れたいのだ。この場所はわたしを混乱させ、荒んだ気持ちにさせる。どのネオンサインの下にも血痕があり、どの看板の奥にも壁一面に亀裂が入っている。わたしは少し怖くなって、とにかくここを離れたいと思った。辺りは騒がしく、人々が往来し、音楽が鳴り響き、わたしはどこへ向かえば良いのかわからなかった。

ビルを出ると、浮浪者のような男がわたしに近づいて来た。わたしは無意識に横に避けた。恐怖で胸がいっぱいだった。ところが彼は穏やかに手を伸ばし、車を指差してたずねた。「タクシーに乗るかい？」

わたしは男の車を見て、動揺したまま少し迷ってから、頷いた。

彼は車のドアを開け、わたしに乗車するよう促し、ウインクして笑った。

「あんたの選択は正しいよ」彼は言った。「この街は犯罪が多いんだ。気をつけるのが正解だ。繁華と犯罪はコインの表と裏みたいなもんで、芸術の両面でもある。コインを欲しがれば裏側も付いて来るもんさ。一人で出かけるなら、用心するのが正解なんだ」

わたしは車に乗り込み、車は漆黒の街道をゆっくり前進した。街灯は少なく、前方の景色は見えない。

「どこへ行くんだい？」運転手がたずねた。

「江村へ」わたしは答えた。

運転手は頷いて、多くを聞かずアクセルを踏んだ。わたしたちはこうして暗闇の中へとまっしぐらに駆けていった。

わたしはまた旅路についた。わたしはいつも旅をしている。どうしてずっと旅しているのだろう？　それはあの永遠にたどり着くことのできない遠い場所のためなのか？

車は夜のとばりを突き進み、暗闇を突き進み、延々と続く過去と未来を突き進んだ。わたしは自分の生と死、いつまでも書き終わらない論文を見た。もしも本当に分かれ道があるならどんなに良いことか、もしも列車の進路に影響を与えることができるならどんなに良いことか、もしもローマの名前が変わるならどんなに良いことか。もしも全ての道が唯一の終点に通じているのでなければ、わたしは勇敢に挑むことができるだろうに。今よりもずっと勇敢に。

わたしは相変わらず旅の同伴者を見つけようとしている。彼の身の上にはわたしが理解しえない謎がある。彼もわたしと同じで終点を目指して疾走していて、列車に影響を与えることはできないのもわかっているのに、道中ずっと、わたしのように恐れてはいなかった。わたしは彼に、なぜなのか聞きたい。

車は空気中を走り、飛ぶように速く突き進んでいる。闇夜がセイレーンの歌声のように、前方の遥か遠くから誘惑してくる。わたしは車のドアにしっかりつかまり、勢いよく流れ去る全てを窓の内側から見ていた。奇妙な形の工場が、名も知らぬ土地にそびえ立ち、農民は故郷を離れ、村はがらんとして、風がヒューヒューと吹き、辺りは一層暗くなった。暗闇の果てはアフリカの草原に張られたテントで、頭が大きく身体の小さな子供が寝ていた。その目は異様に大きく、手足はひどく小さい。子供たちはわたしを見つめていて、その瞳の輝きが暗闇のなかに残った。あたかも蝋燭の火のように。風がシベリアの白樺の林を吹き抜けて、高く真っすぐ伸びた幹、色鮮やかな葉、赤レンガの家並みが車窓の横をかすめた。レンガ造りの家々は、子供の頃の近所の家並みによく似ていて、建物の前で、頭にスカーフを巻いたおばさんが田舎から持ってきた野菜を売っていた。あらゆる風景が疾走の途上に現れては流れ去り、土地の息吹が闇夜を突き抜けて車のドアの隙間から入り込み、わたしの体内に潜り込んだ。わたしは猛スピードによって座席に押さえつけられていた。

突然、車のスピードが落ちた。辺りを見回すと、物々しい巨石の家屋があった。車はガタゴトと揺れ始めた。路面には青石が敷かれ、青石は丸みを帯びて滑らかだったが起伏していた。塀の隅に文字が刻まれているが、夜の闇ではっきりと見えない。車はゆっくりと止まった。

「着いたよ」運転手は振り返って言った。

「ここはどこですか？」

「あんたが探している人が住んでいるところだ」運転手はウインクして言った。

わたしは車を降りて、顔をあげた。一本の石段が塀の内側に伸び、虚実のはっきり見えない、とても高い場所へ続いている。

陽光は暖かかった。熱いお湯が、まるで一本の透明なベルトのように、真っすぐ、優しく、わたしのガラスの水筒の中に注がれた。水筒がいっぱいになると、わたしは蓋を閉じ、仕切りドアを開けて自分の席に戻った。わたしの同伴者は静かにわたしを待っていた。

車両は相変わらずうららかで平和だ。みな本を読んでいて、話している人はいない。わたしは水筒をテーブルの上に置き、コーヒーを淹れ、かばんからサンドイッチを取り出して、食べながら本の残りの部分を読み始めた。最後数ページというところまで読み終わり、単純な達成感に満たされた。ノートは相変わらずテーブルの上に開かれていて、淡いブルーの文字が窓の外の景色に向き合っている。古い記号で記録された新しい道。

わたしは時間を計算した。列車はもうすぐ駅につく。列車を降りたら空港リムジンバスに乗るので、急いで荷物をまとめなくてはならない。わたしはパンを食べ終わると、紙ナプキンと水筒をかばんに押し込んだ。ノートも閉じて、インクの切れた万年筆をポケットに戻した。ノートの表紙には水車と田舎の家が描かれている。これはわたしが農村を訪れた時に買ったものだ。女性店主が自分で描いて作ったもので、ずいぶん値が張ったが、旅行客は次々にお金を払っていた。女性店主は農婦で、優雅で大らかだった。普段は静かな田舎を楽しみ、野菜や花を育て、ハチミツやジャム、砂糖菓子、水彩画を売って生計を立てていた。わたしは自分のノートを見つめた。ノートは静かに列車の小さなテーブルの上に横たわり、まるで異郷の夢のように、遥か彼方の甘い香りをたずさえている。水道水は重要だ、とわたしは考えた。もちろん、道はもっと重要だ。それから本。それに樹木。そして誠実な数値データ。開拓。独立の精神。いざという時の蓄え。吹雪に耐えること。わたしはこれら全てを書き留めたい。まだ間に合う内に急いで書き留めるのだ。

わたしには多くを考える時間はない。窓の外に、もう駅の影が見えている。列車は減速し始めた。

わたしは立ち上がって、上方の荷物棚から大きなリュックサックを下ろした。ファスナーを開けると、リュックが大きな懐を開いた。わたしは傍らの骨箱を両手で抱えあげ、最後にもう一度じっくりと眺めた。木製の箱は古めかしく素朴で、質素で、写真は貼られていない。わたしは箱を静かにリュックに入れて慎重にファスナーを閉じると、それを背負って人の流れについて行き、車両を降りた。

肩にかかったリュックは、ずっしりと重かった。

三日後、わたしは病院に戻った。主治医はわたしを目の前にして、やたらに腹を立てた。病院には入院規定があり、無断で八時間以上外出すると自主退院と見なされる。後ろには入院の順番を待つ者が大勢ひかえていて、誰がいなくなろうと大したことではなく、おのずと次の誰かが入って来る。わたしがこっそり抜け出してから、すでに一ヶ月も経っていた。道理からすれば、もう一度入院できるはずもなかった。

「みんながきみのようなことをしたら、この病院はやっていけると思うかね？　えっ？」

主治医は声高にわたしを叱ったが、わたしのために入院登録カードを作成してくれた。鼻息が荒く、腹を立てているように見えたが、そうすることで情け深いのを隠そうとしていた。そういうところを見せたくなかったのだ。けれどもわたしは彼が優しい人だということを知っている。彼は今日わたしに会えて、ほとんど泣き出しそうだった。きっとわたしが死んでしまったと思っていたのだろう。そのうえ、わたしが入院することに同意してくれた。きっと、もう一度わたしを放り出してしまったら、本当にすぐに死んでしまうと思ったのだ。実のところわたしは入院したとしてもすぐに死ぬかもしれない。だからわたしにとっては、どちらでも同じことだ。

「王先生、わたし、化学療法を受けます」

「えっ？」彼は顔をあげ、眼鏡越しにわたしを見つめた。

「わたし化学療法を受けます」わたしはもう一度言った。

「納得したのかね？」

「はい」

「髪の毛が抜けるのは怖くなくなったの？」

「もう怖くありません」

「そうこなくっちゃ」彼は重荷を下ろしたという顔をした。「髪の毛が抜けるのは、しょせん些細なことだよ。積極的に治療して良くなれば、また生えるからね」

「気にしません」わたしは言った。

「どうして納得できたのかな？」

「わたしは遠くに旅に出たんです。ある人を探しました。その人が通った道を旅して、一つ質問したくて」

「誰かな？」主治医は安心した様子で、またうつむき、暗号のような字を素早く書きながら、何気ない素振りでわたしと話した。

「立派な人です。一生をかけてわたしたちの足元の土地を理解した人です」

「ほお、ずいぶん神秘的だね、誰かな？」

「わたしの旅の同伴者です」

「きみの旅の同伴者というのは？」

「わたしの旅の同伴者は、わたしの旅の同伴者です」

「きみとは話ができないね」主治医は、腹がたつやら、可笑しいやらという様子だ。「うちの娘と同じだね。わけがわからないことばかり話す。とにもかくにも、きみは名門大学の優等生なのに、どうしてまた女子中学生みたいなことを言うのだろうね？」

「わたしは本当のことを話しているんです」わたしは真剣に応えた。

「ほお？　それなら、会えたんだね？」

「会えました。でも彼の家へ行ったら、ちょうど心臓発作を起こしていて、胸をおさえて喘いでいたんです。わたしは電話で救急車を呼びましたが、だめでした。彼はやはり死んでしまったんです」

　それを聞いて主治医の動きが止まり、とても驚いたようにわたしを見つめた。わたしの目に、あの夜の事がありありと浮かんだ。あの最後の出会い、慌ただしく、驚きと恐怖に包まれた対面、そして帰国後、彼の親戚の家で小さなテーブルの上に骨箱を置いた時、指先が震えた瞬間。わたしはこれらの事を語る気はなかった。幸い、主治医は特に詮索しなかった。

「戻って来たのだから良しとしよう」主治医はしばらく考え込んでいたが、フーッと息を吐いて言った。「しっかり治療していこう」

わたしは頷いて、大人しく彼の後について病室に向かった。洗面器、スリッパ、病衣を小脇に抱えながら。

「本を読んだり、書き物をしたりしても良いですか？」わたしはたずねた。

「一番良いのはたくさん休むことだよ」

「でもわたしにはこの最後の数ヶ月しか残されていないんです。わたしの論文は、まだ書き終わっていないんです」

「そんな縁起の悪いことを言うもんじゃない」彼は振り返り、かんかんになって怒鳴った。「きみは自分で治したいとも思っていないのに、わざわざ戻って来てわたしたちを困らせようとしているんだな？」

わたしは口を引き結んで、頷いた。書けるところまででいい。そうするしかない。わたしは洗面器とスリッパをベッドの脇に置き、病衣に着替え、リュックサックから四、五冊の本を取り出してこっそり引き出しに押し込んだ。時間を無駄にせず、人が見ていない隙を利用しよう。

わたしは今でもあの晩の最後の時を忘れられない。いまわの際に、老人の呼吸が穏やかになり、まだ意識がはっきりしていた時だった。辺りを見回す彼に、わたしは何が欲しいかたずねた。彼の視線がデスクに広げた紙に向かった。わたしはそれを取って来た。書きかけの研究論文だった。わたしはたずねた。どうしてこんな時になってまで、まだ書きたいのですか、終点がすぐそこまで近づいているのに、書いたところで、どこにたどり着くというのですか、書いたところで、この国を変えることはできるのですか？　彼はもう声を発することはできなかった。けれども、二本の指を伸ばし、代わるがわる前へ動かした。動かしている途中に、指がだらりと下がった。

行けるところまで行こう。たどり着いたところが、遠くだ。これはわたしの理解で、正しいかどうかはわからない。でもわたしにはもう永遠に、その証(あかし)を求める術(すべ)はない。

✺訳者あとがき

光陰矢の如し。古今東西、人々はそのように感じ、限られた自分の時間、人生について考えてきた。

本編は、不治の病の学生「わたし」の旅を通して、人生に関する思索を表現している。作中、英国を走っていた列車は不意に中国を走りだし、いつの間にか米国を走っている。旅の途中の出来事や見聞が、作者の持つ中国社会像や世界像、人生観の譬喩であることは想像に難くない。危機感をともなった譬喩の数々には目を奪うものがあるが、それら時空の錯綜するイメージが疾走感をともなって表出されている点も読みどころと言えるだろう。

作者郝景芳は、作家として駆け出しの頃を振り返った創作談〈郝景芳談写作〉で、「わたしにとって創作は遠方へ通じる道」であり、たとえ一生失敗し続けても、「『夢が実現』しないその日も、やはり書いて、書いて、書き続けたい」と考えたことに触れている。作中の「わたし」には作者の心情が色濃く反映されていると言えるだろう。また作者は本編を初期創作の集大成に位置付けており(《去遠方》序文)、彼女の後の作品や、実際の事業展開に通ずるところがあるため、ここに訳出した。

郝景芳は、二〇〇六年、清華大学物理学科を卒業後、二〇〇八年、同大学天体物理中心で修士課程を修了し、二〇一三年、同大学経済管理学院で博士号を取得した。その後、中国発展研究基金会の経済研究員を経て、現在は専ら、自ら創設した「童行学院」と「芳景科幻工作室」

の事業に従事している。前者は、子供と保護者を対象に、啓蒙的な一般教育プログラムを提供すると共に、貧困地区の教育環境の改善を目指す公益事業。後者は主にSF作品の映像をプロデュースしている。創作を投稿し始めたのは大学四年生の時で、当初は順風満帆とはいかなかったようだが、二〇一六年、"Folding Beijing"（〈北京折叠〉邦訳複数あり）によりヒューゴー賞（中編小説部門）を受賞し、国内外で注目される作家となった。主な作品に長編小説《流浪蒼穹》《生於一九八四》、短編小説集《孤独深処》《去遠方》がある。

邦訳に、「見えない惑星」（中原尚哉訳）、「折りたたみ北京」（大谷真弓訳）（以上『折りたたみ北京　現代中国SFアンソロジー』二〇一八）、「北京　折りたたみの都市」をはじめ計七編を収録した『郝景芳短篇集』（及川茜訳、二〇一九）がある。

■上原かおり（うえはら　かおり）

翻訳に、張小波「検察大官」、韓松「再生レンガ」、飛氘「巨人伝」（以上『中国現代文学』ひつじ書房）、王晋康「天図」（『S-Fマガジン』）、王徳威『抑圧されたモダニティ　清末小説新論』（共訳、東方書店）がある。

〝春の日〟に

星 秀
関口 美幸訳

原題　〈春天里〉
初出　《広州文芸》2019年1月
テクスト　同上
作者　【せい しゅう　Xing Xiu】
1992年山東省生まれ

一

あの女からまた電話がかかって来た時、私と阿狼（アーラン）は彼が借りた部屋のベッドにいた。それは阿狼が新しい部屋に引っ越してきた日のことだった。阿狼が一体何度引っ越したかもうはっきりとは覚えていない。引っ越しの度に思うことだが、彼が借りる部屋はどこも似たり寄ったりで、マンションの中にある十平米に満たないパーテーションルーム*だ。私はそれにすっかり慣れてしまっていた。だから、阿狼が部屋を替える度に、私は喜んで彼のベッドに寝るのだ。

その日の午後、真っ赤なハイヒールを履いた私は、阿狼の後ろから一番奥のパーテーションルームに入って行った。狭い通路に男女の靴や服や洗面道具などがごちゃごちゃと置いてある。鍋、茶碗、しゃもじ、皿、葱、にんにくなどが私たちの部屋に向かう狭い通路に無造作に投げ出されている。一人の女が笑って私たちに挨拶した。もしかしたら、今後近所付き合いをすることになると思ったのかもしれない。女は少し堅苦しそうに言った。「入り口の洗濯機使っていいわよ。あれは大家さんのじゃなくて、うちら住人がお金を出し合って買ったものだから」そしてこう付け加えた。「うちと彼はここに住んでもうすぐ二年になるの」

薄暗い通路だったが、私にはその女のはにかむ様子が見えた。でも私は女の好意を素直に喜べなかった。阿狼は逆に礼儀正しく口を開こうとしていた。私は阿狼がその女に話しかけるつもりだと気づき、彼が口を開く前に言った。「あんたらずっとこんなパーテーションルームに

＊パーテーションルーム　原文は「隔断間」。マンションの一室を勝手にパーテーションで区切り、売り出したり、貸し出す部屋。二〇一〇年に制定された『マンション賃貸管理弁法』により禁止された。

住むつもり？」

その女の顔は破れそうなコンドームみたいに膨らんだ。私は阿狼の手を引っ張って奥に歩いて行った。「洗濯機を他人と共用するなんてごめんだわ。洗濯機の中に使用済みの生理用ナプキンが入っているかもしれないじゃないの」

阿狼の部屋で寝ていると、壁越しに様々な音が聞こえてくる。恨めしげにごしごしと服をもみ洗いする音、汚らしいおならの連発、鍋から出るジュージューという油の音。私は阿狼に近づき、その太い小麦色の首に手をかけて言った。「来て！」

阿狼は洗面所に入って手を洗っている。水道からはジャージャーと水の流れる音がする。

彼が洗面所から出てきた時、私はすでに裸の「魚」と化していた。この「魚」というのは阿狼が言いだしたのだ。彼のベッドにいる時、私は自分が魚であることを喜んで受け入れる。初めて彼と寝たのは、ここから遠く離れた小さな町でのことだった。阿狼は私を抱いて言った。

「翁瑩瑩（ウォン・インイン）、君は裸になると新鮮な魚のようだね。小さい頃おふくろが市場で買ってきてくれた魚を、俺は死ぬまで飼っていたんだよ」阿狼が扇情的に言うこの例えが私は好きだ。以前にも多くの男が私を様々な物に例えた。

「君はいつも俺をその気にさせるペットだ」と毎日私に詩を一篇ずつ書いた朦朧派の詩人*が言った。

「君は俺んちのとなりに住んでいた女の子に似てる。もう長いこと見かけてないなあ」と眼鏡をかけた理系大学生が上品ぶって言った。

*朦朧派の詩人
原文は「朦朧詩人」。一九八〇年代初め、文化大革命が終わった中国では、混乱から立ち直り、比喩を用いて感性を湾曲的に訴える「朦朧詩」が流行した。代表的な詩人は北島（ペイタオ）。

「お前なんてただの雌犬だ！」と腹のつき出た中年社長が言った。

男たちのこういう例えは、私にとっては、塩気のない麺を食べているようで、おなかは満たされるけど、何の味もしないつまらないものだった。

セックスの度に私は阿狼に言った。「もう一度言って！　何に似てるって？」阿狼は私のむき出しの背中を抱いて感極まった叫び声を上げた。「君は……魚、新鮮な魚、俺は君を……君を、死ぬまで飼い続ける」

「死ぬまで？　あたしが死ぬの？　それともあんたが？」私は彼の澄み切った瞳を見つめて言った。

「俺が死ぬまでさ」阿狼の目は燃えていた。体からも炎がほとばしった。

毎回、新居に引っ越すと、阿狼ははじめ馴染めずに受け身になる。声も出さない。私は彼の体の下でわざと大きな声を出す。大声を出す度に阿狼の顔は真っ赤になる。もう一度大声で叫ぶと、阿狼は小さな男の子のように恥ずかしさと困惑を目いっぱいに浮かべる。

「瑩(イン)、いい子だから、もうちょっと声を抑えて」阿狼は私の機嫌を取り始める。

私は相手にしない。実のところ、これこそ彼が引っ越す度、私が彼のベッドに寝てあげる理由なのだ。私は彼の恥ずかしそうな目を見るのが好きだ。一年前に知り合った頃初めてベッドで見せたあの目と同じだから。

「瑩、なんであの隣の女のこと怒ってるんだ？」阿狼は話題を変えることで自分の緊張を和らげようと試みた。

私は脚を彼の太ももに絡ませたまま、ちょっと考えた。何日か前、阿狼と荷物の整理をしていた時、彼のトランクの底でTバックを見つけた。乾いた茶色の血のシミが付いていた。あれは私のではない。私にはTバックを洗う習慣がある。毎回終わった後、すぐに水道に行き、硫黄石けんで完全にきれいになるまで洗い、ベランダの物干し竿に干すのだ。私はある日の午後、阿狼と髪が長く尻の大きい女が一緒に歩いているところを見たことを思い出した。でもその時、歩道橋の上で私の代わりに雑貨を売っていたと阿狼は言っていたのだ。それも隣に住む女だった。

やがて私は言った。「阿狼、あとどのくらいでいく？」

彼は首を縦にふった。その目には余裕すら現れた。「疲れた？　もうちょっとだ！」そう言いながら、彼の目の中の炎は熱く燃え上がった。

ちょうどその時、スマホが鳴った。

スマホはベニヤ板の机においてあった。プルルル、プルルルという音が響く度に周りの空気も振動した。阿狼はやめようとした。私は彼にぎゅっとしがみついて言った。「放っといて」

電話の音が止まった。と思ったら又鳴った。阿狼は私の上から起き上がった。長い腕と脚をブラブラと揺らしながら机の所まで来ると、充電中のスマホを引き抜いて私に投げてよこし、自分は箱から煙草を一本抜いた。「あたしにも一本、火つけてね」と私は言った。

またあの女だ。私は阿狼からもらった煙草を受け取った。電話には出たくなかった。阿狼は薄紫の煙を吐きながら、「出るんなら出る、出ないんなら切る」と言った。

私は電話に出た。あの女に言ってやりたい。「もう掛けてこないで。あたしのことは死んだと思ってよ」それからこうも言いたい。「これが最後だからね、次に掛けて来ても絶対出ないから」

「瑩ちゃん？」とあの女は言った。

「何？」私は煙草を一口吸って、鼻を膨らませて煙を吐き出した。

「一度実家に帰って来ない？」女は恐る恐る言った。

「帰らない」私は裸のままベッドの端に座った。阿狼は自分のダウンジャケットを取って私に掛けてくれた。羽毛が濁った空気の中で舞い始めた。

「瑩ちゃん、まだお母さんのこと怒ってるの？　瑩ちゃんが辛い思いをしたことは分かってる。あんたには悪いと思ってる」あの女はいつもこう言うのだ。まるで予めセットしてある目覚まし時計のように、電話の度にこう言うのだ。新鮮味も意外性もまるでない。

「まだ何か用事あるの？　ないなら切るよ」

阿狼は私の前に立って煙草を吸っている。広い背中、濃い体毛、引き締まったお尻。私はちょっと見とれていた。

「瑩ちゃん、用事があるのよ。忙しくないんなら、一度帰ってきて！　あの人……石生（シー・ション）の具合がよくないのよ。お見舞いに来てよ」

　午後じゅう、私はずっとベッドに座って煙草を吸っていた。阿狼がお昼に買ったばかりの煙草は、一本ずつ私に吸われて煙と化し、吸い殻が床に散らばった。彼はベッドの背もたれによりかかり、スマホで内装案内を見ていた。時折、手で私の胸をもみ、期待するような顔で私の反応を見た。隣の部屋では木製のベッドがギシギシと音を立てていた。阿狼は急に身体を起こした。クーラーのないパーテーションルームの中で、彼は泥の中から引き抜かれたばかりのニンジンのように見えた。

「瑩、どうした？」彼は何も知らないような顔で私を見た。

「何でもない。ちょっと休みたいだけ。さっき脚がちょっとつっちゃった」

　私は口を開けて、彼の顔にフーッと紫煙を吹きかけた。

「この内装どう思う？　あのさ、瑩。今年の春節に俺の実家に行ってほしいんだ。両親に紹介したい。実家の近くに八十平米の家を買おうと思ってさ、内装どうしたらいいと思う？　俺たちにもついに家ができるんだよ。こんなパーテーションルームとはおさらばさ」阿狼は私にスマホを手渡した。スマホの中には画像と文字があった。私は画面を何度か下にスクロールしたが、スクロールすればするほど長く伸びて、終わりがない。

「バーカ、ホントにあたしなんかと結婚するつもり？」私はスマホをお尻の脇に投げ、彼を見て言った。

「もちろん。君を一目見た時から嫁にほしいと思っていたんだ。言ったろ、君は俺の魚。俺は一生死ぬまで、いや、俺が死ぬまで君を飼い続けるつもりなんだって」

　窓の外からワーンワーンという子供の泣き声が聞こえてきて、嫌気がさした。私は遠い昔のある日の午後のぼんやりとした光景を思い出していた。双廟鎮（シュアンミャオジェン）、私、あの女、あの男。私たちは十六年も一緒に暮らしていたのだ。今、あいつは死にかけている。あいつのやったことを私は一生許さない。でも、あいつは今死にかけているのだ。

それに、なんと言ってもあいつは自分の父親だ。

「畜生！　何て呪われた運命なの！」私は吸いかけの煙草をゴミ箱に投げ捨てた。焦げ臭い煙が立ち昇り、パーテーションルームの中を漂った。

「瑩、あと半月で春節だ。俺と一緒に実家に帰ってくれるね？」阿狼は懇願するように私に聞いた。

「今回はダメよ。双廟鎮に帰らなきゃならない」

「家で何かあったのか？」

「別に」

「瑩、そういう他人行儀、俺は嫌だな」

「石生が死にそうなのよ」私はベッドから立ち上がると、洗面所に行った。蛇口には錆と油が点々とこびりついていて、老人の顔のように見えた。私は冷たい水を手で掬って何度も顔に掛けた。冷たくてヒリヒリした。

ベッドに戻ると、阿狼は興奮覚めやらぬままスマホをいじっていた。私は彼のお尻を蹴った。「ねえ、水道の蛇口外しちゃってよ、クソうるさくて死にそうなんだけど」

阿狼は蛇口を外さなかった。彼は洗面所のドアを閉めると、金槌と釘抜きでトントンやり出した。床には阿狼の脱ぎ捨てた汚れた服が、脱皮後の皮のようにくたびれて重なり合っていた。

阿狼が洗面所から出てきた時には、すでに日が暮れていた。彼はボクサーパンツをはいて窓辺に来て、手を伸ばしてカーテンを開けた。私はベッドに座り、掛け布団を抱えて、窓の外の灯りを見ていた。キラキラと光る木の葉が風に揺れていた。

「瑩、正直に答えてほしい。今まで何人の男と寝た？」阿狼は窓辺に立っていた。凍り付いた言葉が部屋の中を漂った。

「それって、大切？」

「結婚するつもりがなければ、大切じゃないかもしれないけど、でも、俺は君と結婚しようと思っているんだ。だから知りたいんだよ」突然の厳粛な彼の口調に、私は戸惑った。

「じゃあ、結婚しようと思わなきゃいいじゃん」私はベッドから降りると、裸のまま窓辺に行った。寒さをまとった虫が皮膚の表面でうごめくように空気は冷え切っていた。

「春節に俺の実家には絶対行かない？　俺が買おうとしている団地は〝春の日〟っていうんだ。団地の向かいには〝東湖〟っていう湖があってさ。小さい頃、俺はそこで育ったんだ。ここ何年か街で働いて、お金を貯めたけど、落ち着きたいとは思わなかった。一年前に君と出会ってからだよ、俺が家を買いたいと思うようになったのは。君を連れて帰って、俺が育った場所を見てもらいたくなったんだよ……」彼は優等生が自分の意見を発表するみたいにくどくどと言った。

「あたしは誰かと結婚しようと考えたことは、今まで一度もない」私の口調は冷えていた。まるで、このパーテーションルームの夜のように、氷のように冷たく、カサカサに干からびていた。

「じゃあ、君は遊びだったっていうのか？」

「好きなように考えればいいでしょ」

二

私が双廟鎮に帰ったのは、師走も二十八日のことだった。

雪は降っていなかった。乾いた木の枝がまっすぐに伸びてきて、バスの窓ガラスを乱暴にこすった。運転手はやけになって猛スピードでバスを走らせていた。曲がりくねった山道で何台も車を追い越した。ドッドッと煙を吐いて走る三輪トラックもあっという間に後方に追いやられた。十九年ぶり。バスを運転するのは相変わらず許老四（シュー・ラオスー）だ。昔私が村の小学校に通っていた頃、許老四はすでにこのバスを運転していた。その頃、彼は二十歳ちょっとで、イケメンとはいえないまでも清潔感漂う若者だった。これは町と双廟鎮を往復する唯一のバスだ。このバスに乗れば、曲がりくねった砂利道に沿って町まで行けた。このバスはいつも小学校の校門の所に停められていた。リュックを背負い、袋をいくつか下げた高校生のことを、年下の私はどんなに羨ましく思ったことか。高校生たちは町の学校に通い、毎週金曜日の午後にあのバスに乗って戻ってくるのだ。許老四はニコニコ笑って彼らに聞いた。「町の食事はどう？　学校にはいつ戻るの？」

私は、このバスに乗って町に行く年齢になる日が早く来ることを待ち望んでいた。

町に行ける年齢になった時、果たして私はこのバスに乗っていた。でも、それは夜逃げのためだった。

石生が死にそう。双廟鎮に帰る途中、細かく破られた紙くずが頭の中で舞うように、私はとぎれとぎれに当時のことを思い出していた。あいつが死ぬって、ついに死ぬって。無限の屈辱と恐怖を私に与えたあの男が、不誠実で無責任なあの男が、母親を傷つけ、その一生を台無しにしたあの男が、死ぬのだ。

私は十四年前の冬を思い出していた。今のような春節の前だった。私は双廟鎮の中学校で勉強していた。私は一番になることだけを考えていた。一番になれば町に行ける。名誉を失った父のために少しでも面子（めんつ）を取り戻すことができる。もしかしたら、父は私の努力と優秀さに目が覚めて母と仲直りするかもしれない。そして、村の他の夫婦のように、食事を作ったり、畑を耕したり、買い物に行ったり、口げんかをしたりするようになるかもしれない。

でも、私は高校受験はしなかった。今思えば、例え受験で一番になっても、放蕩者の父が心を入れ替えることなんて絶対にあり得なかっただろう。

双廟鎮で父の名前を出すと、村人たちは互いに目配せして口をとがらせ合図をする。時にはそれに思わせぶりな軽い咳払いが混じる。

父は元々双廟鎮で診療所を開いていた。漢方医だった。いわゆる独学でものになったというやつで、祖父がうっちゃっておいた何冊かの古本の医学書を読んで身につけた。父は母と違い、いつも気ままにふるまっていて、診察に来た病人に応対する時以外はいつも偉そうにしていた。母は生来の美人で、なんて表現していいか分からないが、その体は均整がとれ、出るところは出て引っ込むところは引っ込んでいた。若い娘の体はピチピチとして張りがあり、玉子型の顔は柔らかく、ちょっとでも恥ずかしがると、頬が真っ赤に染まる。他の村娘のような田舎くさいところはなかった。村の古老は言ったものだ。「この子は誰に似たんだろうね。都会育ちのお嬢さんのようじゃないか」

母が父に嫁ぐと言うと、祖母は猛烈に反対した。祖母は一目で父を不誠実な人間だと見抜き、石生と一緒になったら娘の人生は終わりだと断言した。しかし母は祖母の言葉を無視し、勝手に石生の家に転がり込んで暮らし始めた。石生はよそから来た人だった。実家は百里も離れた桃源村だ。母は石生と同棲し、嫁ぐ前からかいがいしく家事に精をだした。祖母は石生の小屋に行って母を捕まえようとしたが、その度に母は隠れ、その上祖母と親子関係を絶つとまで言った。祖母が死ぬまで、母は祖母の元に帰らなかった。祖母をお棺に入れる時、葬儀に参列した村の人は皆こう言った。「おばあちゃんは娘のことが心配で、死んでも、娘と同じ顔をしてるじゃないか」

石生が母を愛していなかったことは、村の人全員が知っていた。私も小さい頃から分かっていた。放課後、家に帰ると、庭を村の人たちが囲んでいることがよくあった。石生が母を地面に押さえつけて殴っているのだ。村の人は皆言った。「動物に対してだって、こんな風に殴っちゃいけないよ。愛していないからといって、これじゃあまりにひどい」母の口元からは血が流れていた。母は小川のほとりに佇み、一口また一口と血を吐いた。血は粘っこく泡ができていて、水に落ちても溶けずに川底に沈んで行った。私はおびえて母を見上げた。「大丈夫、唇が切れただけ」と母は言った。

石生の初めての不祥事はその診療所で起きた。石生が診療所を開いて三年目、その頃には診療所で診察を受ける人も少なくなっていた。あいつの処方は口からのでまかせで、間違っていても気づかないことがよくあった。鬱血の薬の「穿金龍」を外傷で血が止まらない人に処方したり、薬性の強いツルドクダミを体の弱った老人に一回の服用で二百グラムも処方した。病人は夜中に嘔吐し、苦い胆汁までも床いっぱいに吐き散らかし、もう少しで命に関わるところだった。アルコール火傷の子供が診察に来た時には、醤油飯をつかんだばかりの手を伸ばして子供の皮膚にさわったため、皮膚がむけて、一生消えないあざが残った。そんなことが何度も重なり、毎回、村人が文句をつけに来る度、母はただひたすら謝った。「すみません、本当にすみません」

あいつのところに診療に来る人はほとんどいなくなった。診療所はそれでも開けてあった。母はあいつに寛容だった。「開けるんなら開けとけば。外で無茶されるよりましだわ」しかし、こうした母の自己憐憫はすぐに灰と化した。あの日の午後、豆畑の草取りの後、晩ご飯を作った母は、弁当箱を下げて石生に届けに行った。診療所の灯りは点いていたが、ドアは押しても開かない。もう一度押しても開かなかったので、中の音を聞いてみると、うめき声が聞こえた。母は唖然とし、夕日が落ちるまで、ドアの外でバカみたいにぼーっと突っ立っていた。中からは石生と許老四の奥さんの七転八倒する音が聞こえてきた。やがて石生がドアを開け、乱れた服のままの二人が診療所から出てきた。

「石さんは薬を処方してくれていたのよ。私最近腰が痛くて、仕事もできないし、全く困ったもんだわ」にやにや顔で話す許老四の奥さんはちっとも病人に見えなかった。

「言い訳しなくていい」と石生は許老四の奥さんに言った。許老四の奥さんはちょっと驚いたようだったが、つり上げた目を何度か瞬いて、得意そうに二言三言挨拶すると、丸いお尻を揺らして帰って行った。

　その時から石生の放蕩は一層ひどくなり、開き直って診療所で寝るようになった。あいつは、家具職人に彫刻入りのダブルベッドを作らせ、診療所専用にした。母の嫁入り道具の布団を抱えて診療所に持って行った。許老四の奥さん以外に診療所から出てきたのは、村の東に住む謝（シェ）未亡人と南門の劉鳳雲（リュー・フォンウィン）。石生は女たちと寝ただけでなく、女たちを町に遊びに連れて行き、女たちにプラスチックの派手な髪飾りや合成皮革のバッグや駄菓子なんかを買ってやった。母はそれを見る度に、目から輝きが消え、土気色の顔色は益々悪くなっていった。

　一年後、石生は我が家の財産の全てを食い尽くした。テレビは六百元で売り、ソファー二脚は二百元、蝶印のミシンは百元、プラスチック食器数個は十五元で売った。その後、あいつは母と私も賭場に売った。

　家のものが全てあいつに売り尽くされた後、あいつは毎日、昼夜を問わず賭場に通いつめた。たまに少し勝ってくることもあるけど、大方は負けた。毎日毎日負け続け、賭場の人がこれ以上は借金を返せないだろう、もう出禁（できん）にしようと思うまで負け続けた。

賭場の男たちはあいつをからかった。「まだ賭けるかい？　女房と子供を抵当にもう一勝負するかい？」

石生は、ちょっと考えて言った。「よし、やろう！」

私は放課後、人につけられていることに気づいた。私は何度も振り返った。男たちは私のすぐ後ろをついて来ていた。怪しげな足音が耳に絡みつく。急いで帰らなきゃ、家につけば大丈夫なんだから。

家には大勢の見知らぬ男たちが、束になった借用書にサインさせようと母に迫っていた。母は男たちにお茶を入れていた。男たちは我が家の床机（しょうぎ）や私の腰掛けに座って、偉そうに煙草を吸いながら嫌らしげに母をじろじろと見ていた。

「サインはできません」最後に母は困ったように言った。

母の心は決まっていた。これは石生の賭博の借金。サインした者が返すべき金だ。母はそこに座っていた。母にできることといったら、たえず立ち上がって、丁重に男たちの茶碗にお湯をつぎ足すことくらいだ。私が戸口に立っているのを見ると、母は慌てたような目をして、私を迎えに戸口まで出てきた。そして、家にお客さんが来たから、村の東の惣菜屋でおかずを買ってくるようにいいつけて、私を追い払った。私はびくびくしながら戸口から出て行った。出て行く時に縄跳びの縄を持っていった。もし、捕まりそうになったら、縄を振り回して、歯が折れ、おしっこを漏らすまで男たちを鞭打ってやる。

私がおかずを持って家に戻ると、家の中には石生と母しかいなかった。テーブルには散らかった茶碗。石生は頭をかかえて泣いているようだった。「俺を助けないって言うんだな。お前がサインすれば、やつらは俺を実家に金策に行かせてもいいって言ってるんだ。俺が金を用意できれば、みんな丸く収まるんだよ。お前がサインしないと、俺の命はなくなるんだぞ！」

母は顔中涙だらけにして床机に座っていた。目は悲しみで溢れていた。母は私に言った。「一人で先にご飯を食べておいで」

母がサインしたその晩、石生は失踪した。その日から二度とあいつの消息を聞くことはなかった。あいつはこの世から蒸発してしまったかのように影も形もなくなった。あいつが失踪してから、借金取りの男たちは毎日うちに来た。男たちは三々五々やってきて、母にテーブルいっぱいの料理を作らせ、うちで晩ご飯を食べた。男たちはゲップをして楊枝で歯をほじり、バカにしたように笑いながら言った。「石生が戻って来なけりゃ、お前ら母子は俺たちのものだからな！」母は日を数えていた。あと十日もしたらあの人は戻ってくる、あと七日したら、あと六日、五日……でも私にはとっくに分かっていた。石生は戻って来ない。あいつは絶対戻って来ない。

ある日の未明。母は寝ていた私を揺り起こした。暗闇の中、母は私を連れて泥棒みたいに家から抜け出した。診療所の裏手の石垣の所で夜が明けた。早朝、私たちは町に行くバスに乗り込んだ。私は疲れ切ってバスの中で熟睡してしまった。目覚めた時、母は窓にもたれていた。母の目は言葉にできない悲しみと憂いに満ちていた。

十四年もの間、私たちはあちこちを転々とした。内蒙古、山西、山東、広東……最後に北京にたどり着いた。私たちにはなおも重い借金がのしかかっていた。借金取りに見つかるのを恐れ、自分たちの名前は使えず、一つの場所にも長くいることはできず、親戚にも一切連絡をとれなかった。

私は働き始めた。バーで歌を歌い、ダンスホールの舞台に立った。レストランで皿洗いをし、劇場や体育館の前でダフ屋をやった。歩道橋の上で雑貨を売った。一日が七十二時間あったらいいのにと思った。バーで多くの男と知り合った。男たちは私に近づきたいようだった。ちょうど村の男たちが母を嫌らしい目で見ていたのと同じように私を見た。

初めの頃、男たちと寝るのにお金はとらなかった。私が初めて出会った男、あの私に詩を書いてくれた男を、私はまともな男だと思っていた。彼は二百平米もある豪邸に住んでいた。それは私が北京に来てから見た一番大きな家だった。彼は毎日詩を書いてくれた。読んでみると、詩には全部私の名前が書いてあった。私を後海（ホーハイ）に夜景を見に連れて行ってくれ、南鑼鼓巷（ナンルオグーシャン）から絵はがきを出し、地壇（ディータン）公園で史鉄生（シー・ティエション）を語った。彼の語る多くのことは、ほとんど私には理解できなかったが、でも、それこそ確かに私が理解したいと思っていたことだった。私は読みたいと思っていたが読んでいなかった本を彼の口から多く聞いた。彼が詩に書いたように、彼にとって私は「一生のうちの最後の選択なのだ」と私は思い込んでいた。私は自分の過去を彼に話した。彼は愛おしそうに私を抱きしめて慰めてくれた。その後、あの大風の晩、私は玄関の靴箱の中にパープルカラーのハイヒールがあるのを見つけた。私は何も言わず、その場を離れた。

「俺と〝春の日〟に帰ろう、君の過去はもう聞かないよ。君も知っていると思うけど、俺が女の子と一生過ごしたいと思うことはめったにないんだ」スマホはポケットの中でプップッと二回鳴った。ちらっとみると、阿狼だった。私は入力欄に文字を二行打ち込んだ。しかし、混乱した気持ちで読み返すと、自分が書いた文が媚びた嘘くさい文に思えたので削除し、スマホをポケットに戻した。

母との決別……私が母を「あの女」と呼び始めたのはいつからだろう。窓の外を流れる薄暗い河を私はぼんやりと眺めていた。十四年前、私たちは逃亡を始めた。母が石生のことを諦めたことは一度もなかった。母はいつでも、石生は帰って来る、借金を返すお金を持って帰って来るという一縷の望みを抱いていた。

あり得ない！　石生が帰って来られるんなら、お天道様が西から昇るだろう。

私たちがどの街に行っても、母はいつも双廟鎮に帰ることを考えていた。石生は必ず双廟鎮に帰ると母は考えていた。一年前、私たちは大家からアパートを追い出され、北京の街をさまよい、道ばたのベンチに座っていた。私は寒さで犬のようにブルブル震えていた。母が開口一番に言ったのは、「瑩ちゃん、一度帰ってみようか、あの人のこと信じてみようよ」という言葉だった。

私はすぐに怒鳴った。街なかだというのにもかまわずヒステリーを起こした。「帰るんなら一人で帰りなさいよ！　あたしは北京に残って借金を返す。石生がどんな人間なのか知らないわけじゃないでしょ。帰る帰るってそればっかり！　そんなに帰りたけりゃ帰りなさいよ！

帰っちまえ！　帰ってやられちまえ！　帰ってあいつが他の女と寝るのを見てろ！」

母は突然震えながら立ち上がり、平手で私を打った。そしてしばらく言いよどんでいたが、突然後悔するように言った。「そんな風に言っちゃダメ、あなたのお父さんなのよ」

もうがまんできない！　私はポケットをまさぐり、その月の給料と銀行カードを母のポケットに突っ込んだ。

「帰りたければ帰りなさいよ！　私はかまわない。これからは別々に暮らす！」

私は振り返らずにその場をたち去った。その晩、どこに行っていいのか分からなかった。母のことを心配していないといえば、それは嘘になる。家を出た後、母はずっと具合が悪かった。よく病気になった。朝、歯を磨いている時、母はよくドアの所に立って、痰壺に吐いていた。吐くのは血だった。もう一度吐いてもやはり血だった。でも母は私を怒らせてしまったのだ。私は一人荒涼とした街を歩いていた。影が後ろからついて来た。私は振り返って母の所に戻りたかったが、母がさっき言った言葉を思い出し、その考えを打ち消した。

私はいつも行くバーに行った。次に目覚めたのは阿狼の部屋だった。

母は翌日には双廟鎮に戻っていた。それは母が唯一、石生の問題で下したたった一つの正しい判断だった。石生は確かに戻っていた。老いて、病気になって、びっこを引いていた。家にはとっくに別の人が住んでいた。村に戻った時、診療所に行けと直感が母に告げた。

診療所の灯りは点いていた。両足から力が抜け、目に熱い涙をいっぱいためながら、母はボロボロの診療所に入って行った。

これらのことは思い出す度に、ようやくよくなりかけた傷口が引き裂かれ、したたる血や肉がむき出しにされるような感じがする。生々しい傷口は空気にさらされ、永遠に塞がらない心の傷になる。私は窓の外を眺め、この一年間、母がどうやって石生の元で罵りと叱責の日々をじーっと耐えてきたのかを思った。今の石生は母に対して懺悔の気持ちを感じているのだろうか？　家に着いたら、私は彼らに何て言えばいいのか？　病床に横たわるあの男は、結局のところ自分の父親なのだ。過ちは多かったとしても、死に際して私はどんな態度で彼と話をすべきなのか。

あらゆる感情が心の中で転がり、交わり合い、解(ほど)こうとすればするほど絡み合う麻糸の玉に変った。

バスは双廟鎮の小学校の校門の前で停まった。私はリュックを手に持ってバスを降りた。運転手の許老四のそばを通る時、彼が私を見た。許老四は随分と老け、元は白かった顔が今では黒っぽくなり、皺も増えていた。長い間寝不足に悩んでいる人のように、下まぶたにはくまができていた。髪も油っぽく、所々固まっていて、頭皮には雪のような大粒のフケがこびりついていた。私が彼と一瞬目を合わせると、彼の目には驚きの光が宿ったが、それは徐々に薄れていき、仕舞いには口を開いてこう言った。「お帰り」

元の家はなくなっていた。私は寒々とした砂利道を村はずれの診療所に向かって歩いた。葉が落ちきったハコヤナギの枝先に何羽かの烏が、元からそこに生(な)っている果実のようにとまっていた。カーカーと鳴く度に、薄暗い空が切り裂かれて裂け目ができ、歩く人の心も切り裂かれて傷口ができた。遠くの山にはどんよりとした夕霞。私はコートにしっかりくるまり、ゆっくりと道を進んだ。

私は緑のペンキが剥げかけた木の戸をたたいた。開けたのは母だった。以前よりさらに痩せて、戸口から吹き込む風にすら倒れそうだった。母は私を見ると複雑な表情をした。少しは嬉しそうだが、それよりも狼狽しているようだった。「何で電話の一本もかけてよこさないの？手打ちうどんを作っておいてあげたのに。それに炒め物も、あんたが好きな」

「いらない」と私は言った。元々長くいるつもりはない。

私は天井の低い部屋に入った。以前双廟鎮に住んでいた頃は、この部屋がこんなに狭いとは思わなかった。今、それは人々から忘れ去られた老人のように、孤独に山の麓に建っていた。ふいに喉からツンとしたものが湧き上がってきて、どうしても消えなくなった。

私はあいつがベッドに寝ていて、息も絶え絶えに私に向かって許しを請うものとばかり思っていた。

しかし、事実が証明するように、そんなものは全て私の願望に過ぎなかったのだ。部屋には母しかいなかった。

「あいつは？」もしかして、帰ってくるのが遅すぎたのか。私の帰りを待ちきれずに、なすすべもなく息を引き取ったのか？　私に言いたいことがたくさんあったのではなかったのか、最後の目の光はどうだったのだろう？　どんなにか後悔と悲嘆に満ちたものだったろう。そう思って、また何か言おうとすると、不安が押し寄せてきた。

「石生は町に薬を買いに行った」母はついに言った。「おなかすいたでしょ？　とりあえず乾麺でも茹でるわね」母はそう言いながら、広告がいっぱいプリントされたエプロンを締めた。

「薬を買いに行った？　病気が重いんじゃないの？　外出できるの？」

「まだ自分で外に出ることはできるわ、ちょっと歩いた方がいいのよ。私より先に逝っちゃうんじゃないかと心配していたの。私がいなくなったら、あの人は暮らしていけないから」母はテキパキと鍋を洗い、麺を茹でる準備をした。ベッドの枕元には、使いかけのライターが二個置いてあって、煙草の吸い殻が何本か散らばっていた。ベッドの端にも灰が落ちていて、煙草の焦げ跡がいくつかあった。色あせた赤い書類ばさみに挟まれた借用書の束がベッドの背もたれに打ち付けられた釘にかかっていた。

「今夜は戻ってこないの？」

「もう出かけて一週間になるわ」

　十四年前も石生はこうだった。一旦出かけると十日は戻ってこない。たまに賭けに勝って小銭を儲けると、贅沢にタクシーで帰ってくる。タクシーのクラクションが「プープー」と鳴ると、近所中の犬が狂ったように吠え始める。大半は負けて金を取られ、顔や体に怪我の跡がついている。ひどく負けた時は、殴られ、家の戸の外にうち捨てられる。その頃から、母は毎晩眠れず、家の外で少しでも物音がすると、急いで駆けつけるようになった。

　突然、私は自分が帰ってきたのは大間違いだったと悟った。次は、例え石生が本当に病気で寝こんでいても、口や鼻から血を流し、死にそうになっていたとしても、絶対に帰って来ない。石生は町の賭場に行ったのだ。私はむっとして自分のバッグをひったくると、すぐに出て行こうとした。母が追いかけてきた。「瑩ちゃん、どこに行くの？」

町に行くバスは小学校の校門の所に停まっている。翌朝にならないと発車しない。私はすぐには双廟鎮を離れることはできなかった。私は診療所の裏手に行き、石垣の上に座った。スマホがブーブーと何度も鳴ったが、私は出なかった。遠くから母の咳が聞こえてきた。母はまた小川のほとりに立って、血の塊を何度も吐いていた。母の嘔吐は激しく、ひきつけのようなその音は肺の奥の奥の方から湧き上がり、痛みを伴った咳と嘔吐になって出て行った。母の病は、石生が賭博を始めたあの日から根付き、もう十数年になる。きっと病は重くなっているのだろう。

私は煙草に火をつけた。畑の周りには皮膚病にできたかさぶたのように枯れ草が積まれていた。近くのお墓から燐の燃える炎が見えた。ここ数年で近所の人は皆引っ越して行った。元々村に住んでいた住民も立ち退きで自分の家を団地の一室に替えた。私が帰って来た時、バスは小学校の校門の所に停まったが、そこには幾棟かの赤い建物がきれいに並んで建っていた。母は元々その団地に住めるはずだった。だが、立ち退きの前に元の家は借金のカタに持って行かれてしまった。ここ数年、私と母が働いて稼いだお金は、借金返済に充てられ、何も残らなかった。母の病は益々重くなり、痛みは益々ひどくなり、薬局で痛み止めの薬を買ってしのいでいる。暮らしは日々前に進むものではないのか。石生と母の暮らしは全く何てありさまなんだ。

スマホが鳴っている。コートのポケットの中で振動している。私はちょっと考えて、やはり電話を切った。母の嘔吐の音が風に吹かれて断続的に聞こえてくる。それは相変わらず尖ったガラス片のように耳に突き刺さり、耳から麻痺した心の中にまで入り込んで、心をぐちゃぐちゃにかき回した。

私は石生を憎んでいる。母のことも憎んでいる。当時の祖母の反対が分かるような気がした。なぜ祖母が死ぬ時に母と同じ顔をしていたのかが分かった。母は意固地なのだ。母は石生を愛した。自分のことを顧みないほどに石生を愛した。母は石生に屈服することで、母の言うところの〝家〟を保ってきた。私は何度も母と言い争った。ひどい言葉も遠慮なく浴びせかけた。でも、母は魔に魅入られたかのように、泣くことと耐えることを除いて、殆ど反抗らしい反抗はしなかった。

私は真夜中まで石垣に座っていた。山村は漆黒の闇。小川には冷たい銀色の光が流れている。月は出ていなかった。母の咳は記憶の中の月の色と同じように深く濃かった。突然、一筋の強烈な光が夜のしじまを破った。

一台のタクシーが砂利道をガタガタと進んできて、診療所の前で停まった。運転手はライトをハイビームに切り替え、古ぼけた診療所の戸を照らした。鋭いクラクションが続け様に響いた。髪を振り乱した母が、上着も羽織らず戸を開けた。青白い顔の母が暖かいまなざしをタクシーから降りる石生に向けた。あいつは背中をまるめ、手を振ってびっこを引きながら歩いて来た。母はタクシーのそばまで行き、笑いながら運転手にお愛想を言った。

あいつはちょっと得意そうだった。手ぶらで薬は持っていなかった。あいつが前を歩き、母が後ろをついて行った。母は嫁に来たばかりの小娘のように、嬉しそうな甘えるような表情をしていた。しばらくして、母は外に出てきて、薪を抱え、石炭をシャベルですくった。こんな夜中にご飯を作るのだ。この長く家に帰らなかったあの男のためにご飯を作るのだ。

十四年前のあの日の朝と同じように、私は石垣のそばから震えながらバスの方に歩いて行った。北京に戻ると、山のような荷物が部屋の入口に散乱していた。鏡は割れ、ハンガーに掛かったままのパンツやブラジャーが灰色のコンクリートの上にむき出しに投げ出されている。トランクは大きく開かれ、私の一番好きなカーキ色のセーターも見当たらなくなっていた。

ここを離れる時が来たようだ。

私はトランクを引いて、あてもなく街をさまよった。夕方、また母から電話があった。でも、今回電話してきたのは石生だった。

「お前の母さんが昨日の晩死んだぞ。明日出棺だ」

この十四年間、私はあいつと一言も会話を交わしたことはなかった。十四年前、あいつは私のことを「金食い虫」「売女（ばいた）」と呼んでいた。十四年後、あいつの第一声が私に母の死を知らせることになろうとは。私は北京の歩道橋の上で呆然と立ち尽くした。ひっきりなしに行き交う車や人々。鳩笛をつけて飛ぶ灰色の鳩。耳のそばを通りすぎる風。

その日の晩、私はまた田舎に帰る汽車に乗っていた。窓の外では冷たい風に吹かれて小枝が揺れていた。その小枝のように脚がガタガタと絶え間なく震えている。暗闇の中に遠くの灯りがチカチカと光るのが見えた。向かいには七、八歳の女の子を連れた夫婦がいて、かわりばんこに子供を抱いていた。互いを見る時の目は思いやりと愛情にあふれていた。私はただぼーっと座っていた。何もしゃべりたくない、何も食べたくない、それに何も考えたくなかった。

あの時ほど孤独を感じたことは今までなかった。

阿狼がまた電話をかけてきた。私は電話に出て、今度は彼が口を開く前に彼を遮って言った。「あなたと一緒に〝春の日〟に帰る。だから待ってて！　あたしが戻るのを」

彼は何も言わなかった。しばらくして、私の耳に、彼が「別れよう」というのが聞こえた。

汽車はガタゴトと音を立てている。車内の人は皆熟睡している。窓の外の灯りが、幸せな人が微笑む時に瞬きするように、チカチカと光っている。

✷訳者あとがき

星秀、一九九二年山東省生まれ、本名、丁蕾。二〇一九年に北京師範大学の大学院(修士課程)を修了。

主な作品に〈留仙〉〈平淡日子里的光〉(《山東文学》二〇一七年七月号)、〈海辺的灯火〉(《鹿鳴》二〇一八年一月号)がある。〈留仙〉は大学院在学中に発表した星秀の処女作にして代表作であり、『聊齊志異』の「嬰寧」を題材としたものである。

〈春天里〉では新しさと古さが渾然一体となっている。主人公の瑩と彼氏の阿狼は社会現象にもなった〝隔間房〟(パーテーションルーム)に住み、気軽な男女関係を築いている。その一方、田舎には母をいじめ抜いた借金まみれの父が住んでいる。瑩は両親を憎む一方、伝統的な家族愛から抜け出すことができない。都会と田舎、〝隔間房〟と〝春天里〟、新たな男女関係と伝統的な家族の確執。作品はその対比を見事に描き出している。それらをつなぐキーワードは「春」だ。阿狼は瑩と結婚して実家の近くの〝春天里〟という団地の部屋を買いたいという。それに対し、瑩は春節に病気の父の見舞いに田舎に帰る。最後に瑩は〝春天里〟に行く決心をするが、そのときには〝春天里〟はすでに彼女の元から去ってしまっている。そのすれ違いが切なく胸に迫る。

星秀の比喩の使い方は独創的かつ視覚的である。農村を描写するのに〝皮膚癬〟(皮膚病)だの〝結了枷〟(かさぶた)だのを使う作品に私は初めて出会った。しかし、それは荒廃した農村を視覚的に表しているだけでなく、実は話し手である瑩の心情をも表しているのだ。

瑩の祖母が死ぬ時の顔が母に似ていたという描写について作者に問い合わせたところ、まず、中国に一般的にそういう言い方があるわけではない、ただ、作者は以前知り合いから、そういう話を聞いたことがあるとの返事だった。私が、祖母の夫も石生のような人だったのではないか、と質問すると、そういうつもりで書いたわけではないが、そういう風に解釈すると循環性が生まれるね、という返事だった。

■関口美幸（せきぐち　みゆき）

翻訳に、鮑十「子洲の物語」「ヒマワリの咲く音」「冼阿芳の物語」、蘇童「キンモクセイ連鎖集団」、范小青「天気予報」、彭鉄森「オイラの名前は馬翠花」、謝凌潔「父を想う」、李小琳「狐村滞在記」（以上『中国現代文学』ひつじ書房）などがある。

盗御馬

葉 広芩

大久保 洋子訳

原題　〈盗御馬〉

初出　《北方文学》2008年第1・2期

テクスト　《対你大爺有意見》西安出版社2010年5月

作者　【よう こうきん　Ye Guangqin】

1948年北京市生まれ

聚義庁に酒宴を張れ、集いし賢弟諸君に胸のうちを語ろうぞ。
――京劇『盗御馬』竇爾敦(とう・じとん)

一

「文革」の頃に下郷したわたしたちの世代は、「追い払うことも押し潰すこともできない老三届(ラオサンジェ)」*だといわれるが、実はとうに追い払われていた。「追い払えない」というのは一部の「いっぱしの大人」だったエリートたちのことで、いわば梅菜扣肉(メイツァイコウロウ)*の上で脚光を浴びる三枚肉のようなもの、その他大勢はみな肉の下敷きにされている干からびた漬物なのだ。もちろん、時には下の漬物の方が上の肉より美味しいこともあるが、それは食す者の状況次第だ。肉には肉の輝きが、漬物には漬物の友情がある。張秀英(チャン・シウイン)、劉二東(リウ・アルトン)、李抗美(リ・カンメイ)、王小順(ワン・シャオシュン)、それにわたし。わたしたちは漬物組に属していて、その他大勢の中の一介の塵芥だった。わたしたちの名前は記憶に残らないくらいありふれていたけれど、お互いの胸の底には深く刻み込まれていて、死にでもしない限り、消え去ることはないだろう。

もちろん、後順溝のあの山、あの川、あの人々も、わたしたちの心にはしっかりと刻まれている。死にでもしない限り、消え去ることはない……

二〇〇七年の夏、焼けつくような日差しの中を、わたしは後順溝に戻った。黄土高原の山ひ

*老三届
一九六六～六八年に中学・高校を卒業する予定だった生徒。教育が不十分なまま文革によって卒業が延期され、その後下郷して労働した。

*梅菜扣肉
豚の三枚肉と青菜の塩漬けを重ねて蒸した客家料理。

だの奥深く、四〇年前に暮らした場所に。わたしの訪問はただの思いつきで、会議で延安に来たついでに、主催者に申し出て一日欠席し、バスに三時間揺られてこの辺鄙な片田舎、夢にも忘れたことのないこの失われた土地にやってきた。ここは今では順溝二組と呼ばれているが、相変わらずこれ以上ないほど小さな村だった。

路線バスはまだ先へと走っていき、一〇キロ先の劉河郷が終点だ。同じバスが県城に戻る午後三時半にまたここを通る。つまり、後順溝にいられるのはたっぷり見積もっても二時間半というわけだ。

二時間半で、四年間の暮らしを振り返らなければならない。

村にはいくつか、新しい石積みの窰洞(ヤオトン)*ができていて、水道が通っていた。村内の目立つところにある壁にはスローガンが書かれていて、当面の重要課題が示されていた。目下の課題は「少なく生み、優れた子を生めば一生の幸せ」というもので、おそらく一人っ子政策のことをいっているのだろうが、どこの悪戯っ子の仕業か、「生」の字の最後の横線が全部消されていて、「少なく牛み、優れた子を牛めば一牛の幸せ」になっていた。昔はこの壁のスローガンや装飾は知識青年*の担当で、わたしたちはここに赤い太陽や天安門、「大海の航行は舵手を頼りに」*を書き、壁のくぼみのひとつひとつをすべて知りつくしていた。道は相変わらず土の道で、両側には低いナツメの木が植えられ、水路が掘られていた。たぶん社会主義新農村建設*の成果なのだろう。村の若者たちはみな出稼ぎに出て行き、年寄りや病人だけが残っていた。麻雀卓が木陰に据えられ、そこで遊ぶ人たちは、暑さに耐えがたいというようにみな諸肌

*窰洞　中国華北、中原、西北地方の農村に広く見られる横穴式住居。

*知識青年　一九五〇〜八〇年代初期に都会から農村に下郷し、農民と生活を共にした若者の総称。

*大海の航行は……　毛沢東思想を讃える革命歌。

*社会主義新農村建設　二〇〇五年に打ち出された、農村のインフラ整備や公共サービス拡充、生活環境整備をはかる政策。

を脱いでいる。怠け者の犬たちが数匹、あちこちをうろつき、鶏が数羽、草むらを出たり入ったりしている。空は相変わらず青く、土は相変わらず黄色く、目の前の景色はまるで夢でも見ているかのように昔のままだった。数十年が過ぎ去った今、もうここにはわたしが知っている人も、わたしのことを知っている人もほとんどなく、わたしが来たことに注目する人も誰もいなかった。

　頭を垂れた数本のヒマワリの向こうに、谷に面していくらか平らな土地がまだ残っているのが見えた。かつてわたしたちを雨風から守ってくれた二つの古い窰洞は、もはや跡形もなく崩れ、茨(いばら)がみっしりと生い茂っていた。谷の底の水も干上がり、ところどころ水たまりになっていて、一跨ぎで飛び越えられた。

　記憶の中の親しかった人について麻雀をしている人に尋ねたが、彼は答えず、警戒して「どこから来ただね」と問い返してきた。北京から来ただよ、と答えると、何しに来ただね、とまた聞かれた。何もしない、ただ見るだけだと答えた。するとその人は、てっきり地形調査に来たのかと思った、北の山頂に鉄塔を立てると聞いてからとっくに一年たったが誰も来ない、ここは携帯の電波が悪いのに毎月料金を払わなきゃならなくて大損だ、という。もう一人は手にしていた牌を捨てると「四餅(スーピン)」と叫び、振り向いてわたしを見て言った。こんな何もない田舎で何を見るんだね、都会の人ってのはハンバーガーを食って世界中をうろつくんだろう……

　彼らが誰なのか、わたしは知らない。四十年前に彼らがどこにいたのかも知らない。彼らからすればわたしは勝手に訪れる観光客で、地域の格差がわたしへの反感を募らせていた。賀敬之*の詩『延安に回る（かえ）』を思い出した。「真っ白い窓の紙に赤い紙細工、子どもたちは競って取り合う」、あの風景はおそらくもう消えてしまったのだろう。当時わたしたちはここで大自然と格闘し、血と汗を流した。百里四方の誰も、わたしたち後順溝に集った「寶爾敦一味」を知らぬ者などいなかったのに、四十年の月日がたち、あの世代の人々がこれほど速く消え去り、記憶が生活によってこれほどまっさらに削りとられてしまうとは。少しばかり気がふさいだ。

　通りに立って茫然と周囲を見渡し、ようやく現実と記憶がさほどかけ離れていないことに気がついた。あちこちをうろついている犬たちはどれも醜く薄汚れ、ほとんどがペキニーズと土着犬の雑種で、毛の色も顔立ちも見分けがつかなかった。わたしが木の下に立っているのを見て、二匹の犬がそろそろと近寄ってきて、泥だらけの尾を懸命に振った。明らかに媚びを売っている。四十年前、この土地の犬はどれほど雄々しく、きびきびとしていたことか。わたしたちが飼っていたあの従順で美しい雌犬の黒子（ヘイツ）も、わたしたち「好漢」どもに鮮やかな華を添えていた。こんな意気地なしではなかった。田舎の犬というのは気性が荒く、細い体に長い口、甘えるのが苦手で、突然物陰から飛びかかってくる。すねに狙いを定めて一口がぶり、「悪人の毒牙にかかれば三分の傷」というが、陝北*の犬に噛まれれば、「三分」どころか骨まで砕けてしまう。この辺りの犬たちはみな狼と戦ったことがあり、その多くが匈奴の狩猟犬の血を引いていた。

　通りに面してヘチマの花が満開の小さな庭があった。門が開いていて、わたしは中に入っていった。ごめんください。

*賀敬之
中国の詩人、劇作家。一九二四年生まれ。代表作に革命歌劇『白毛女』がある。

*陝北
陝西省北部、楡林、延安周辺地域を指す。

黄狗(あかいぬ)が一匹、窓の下に寝そべっていたが、わたしに気づいても気怠そうに半分目を開けただけだった。だがわたしが戸口の階段に近づくと、突然何かを思い出したかのように身震いして跳ね起き、唸りながら飛びかかってきた。鎖でつながれていなければ、猛り狂ってわたしを噛み殺していただろう。犬は鉄の鎖にもがきながら狂ったようにわたしに吠えたて、不倶戴天の敵よ、許すまじといった憤怒の表情を見せていた。

丸顔の太った女の子が出て来て犬を叱りつけた。だが犬はかまわず、ますます高く跳ね上がった。女の子は犬を指差して言った。三泰(サンタイ)、吠えるんじゃない！

女の子は犬を「三泰」と呼んだ。黄狗だから「黄(ホアン)三泰」だ。なぜ犬を三泰と呼ぶのかと聞くと、女の子は、この犬は生まれた時から三泰と呼ばれているんだ、うちは何匹も犬を飼ったけど、全部三泰と呼んでいるんだと答えた。

発財(ファーツァイ)という生産隊長はどこに住んでいるの、と聞くと、女の子が答える前に家の中から咳が聞こえ、庭に誰かいるのかと尋ねる声がした。女の子は奥に向かって叫んだ。お祖父ちゃんを訪ねてきた人だよ！　そして振り向くとわたしに言った。うちのお祖母ちゃんだよ。

そうするとこの子は発財の孫娘だ。わたしはそのまん丸の顔に発財の面影を探したが、見つからなかった。女の子はきつい陝北訛りで、鼻濁音が強く、「我(わたし)」が「俄(わだす)」になっていて、まるで風邪を引いているように聞こえた。中の人はわたしに入るように言った。犬はまだしつこく吠えている。女の子は駆けよって力一杯蹴とばし、伏せをさせようとした。犬は言うことを聞かず、女の子の向こうからなおもわたしに向かって激しく吠えた。

「お祖母ちゃん」は炕（オンドル）に腰掛けていた。白髪で皺だらけ、八月だというのにまだ毛糸のズボン下を履き、生まれてから一年にもならないような赤ん坊を抱いて祖母の役目を果たそうとしていた。赤ん坊はおもての犬のように、腰に結んだ縄で炕の上の小さな獅子の石像につながれ、遠くまで這って行けないようにされている。石の獅子は地元では子つなぎ石と呼ばれ、農村の炕の上には必ず置いてあり、子孫繁栄の源だと言われている。嫁をもらう時、花嫁がまだ婚家に入らないうちから、石の獅子は炕に鎮座しているのだ。あの頃、後順溝の子どもはみな石につながれて育ったものだ。石の獅子は何世代もの子どもたちをつなぎ、変わらぬ家族の風景を作り上げてきた。目の前のこの獅子をわたしは知っている。発財の長男をつなぎ、その後五狽（ウーベイ）が盗み出して鶏をつなぎ、角が欠けてしまったのだ……

わたしが入っていくと、「お祖母ちゃん」はわたしをじっと見つめた。唇がわなないて、両目はしょぼついていたが、それでもわたしがわかったようで、「あんれ、まあ」と声をあげると、赤ん坊越しにわたしの腕をつかみ、震えながら、老四（ラオスー）〔きょうだいで四番目の子の意〕、どうして今頃戻ってきたんだね？と言った。

「老四」と呼ばれて、わたしの目から涙があふれた。

わたしたちは涙をこぼしながら見つめ合った。

目の前の老女は、当時、村一番の美人で新妻だった黄麦子（マイツ）だ。生産隊長が彼女と結婚する時、わたしたち知識青年はみな宴会に呼ばれて、お祝いの品も贈った。えんじ色のシルク混の布団皮（がわ）で、もちろん、ついでにロバの手綱も「失敬」していった。隊長の父親は生産隊の飼育員で、党支部書記でもあった。息子は隊長、父は書記で、まるで後順溝全体が彼ら劉一家に牛耳られているかのような趣（おもむ）きがあった。書記は何度もわたしたちに手綱を返せと言いに来たが、わたしたちは口をそろえて取っていないと言った。書記はわたしたちを匪賊だと罵ったが、老二（ラオアル）〔きょうだいで二番目の子の意〕は、俺たちは寶爾敦だ、寶爾敦は匪賊だからな、と言った。あの時、あの手綱はわたしたちにとってとても重要なものだったのだ。

やり手の隊長のお嫁さんが今やお婆さんになり、体中悪いところだらけで動作も遅く、炕を下りることもできない。麦子は言った。太った女の子は二番目の孫娘で、炕の上にいるのは下の孫、ほかに徴兵で軍隊に行っている上の孫と、延安で中学に通っている孫娘が二人いるという。麦子がわたしより半年年下だったことを思い出した。わたしの一人息子はまだ独身貴族でぶらぶらしている。孫はおろか、結婚相手すらまだ決まっていないのに、麦子はたくさんの孫に恵まれているとは。時の経つのは速いものだ。発財隊長のことを尋ねると、麦子は言った。死んだよ、十年前にね。肝臓の病で、痛みで炕の上を転げまわってた。痛くて死んだようなものだよ。顔は土気色になって、体は骨と皮ばかりだった。

わたしは若かりし頃のハンサムな隊長を思った。『地道戦』の伝宝＊に似ているので、わたしたち下郷女性の憧れの的だった。他の生産隊の知識青年たちは万里をものともせず「伝宝」を見にやってきた。一度見たら二度見たくなり、二度が三度になり……発財の優れた容姿はこの土地の恩恵を受けたのだ。陝北は美男美女の産地で、「米脂（べいし）の若妻、綏徳（すいとく）の男、清澗（せいかん）の石板に瓦窰堡（がようほ）の石炭」＊という言葉はこの地域の産物の素晴らしさを称えたものだ。貂蝉（ちょうせん）は米脂の

＊『地道戦』　河北省での抗日戦を描いた中国映画。一九六五年制作、六六年上映。伝宝は作中に登場する民兵隊長の名。

＊米脂の……　米脂、綏徳、清澗、瓦窰堡はいずれも陝西省北部の地名。

人で、呂布は綏徳の人だったという*。後順溝は綏徳県ではないが、さほど離れてはいない。わたしたちは発財と、彼のたぐいまれな容貌について話したことがある。発財は自分を雑種だと言った。匈奴と漢人の間に生まれた雑種で、地元の土着犬と同じだ、だがこういう雑種はみなきれいで、頭も良いんだ、と。わたしたちは、発財が後順溝に引っ込んでいるのはもったいない、もし北京や上海だったら、きっと革命模範劇団に入れたに違いない、舞台の上で活躍する洪常青や楊子栄*より溌剌としていただろうと言った。問題は、発財がバレエも踊れなければ革命京劇も唄えないことで、できるのは羊の放牧や野良仕事、得意なことといえば春歌を唄うくらいだ。彼の春歌は歯までむず痒くなるほどで、「手を取り合い、口をつけ、二人で隅っこに行こう……」*というようなものだ。女と隅っこに行って何をするのかと男子学生たちが尋ねると、発財は目配せをして答えた。上着を脱いでズボンを落として、やりたいことをやるのさ、やりたいようにな！

上着を脱ぐのとズボンを落とすのとどっちが先かと男子たちが尋ねると、発財は言った。そりゃあ時間によるさ……

隊長は知らぬ間に知識青年たちの性教育の先生をつとめていた。みな同じ年頃だったが、発財はわたしたちよりはるかに世慣れていて、これも彼が知識青年に好かれた理由の一つだった。男子たちはみな発財のところに行きたがり、畑ではいつも大きな笑い声が響き、女子たちは気にしないふりをしつつ、耳をそばだてて聞いていた。発財は独り身だったが、二、三人の娘とこっそり寝ていて、その中には若い人妻もいたことをみんな知っていた。男子たちはその

*貂蝉は……　呂布は後漢末期の武将。貂蝉は『三国志演義』に登場する架空の美女の名で、作中では呂布の妾。

*洪常青や楊子栄　洪常青は革命バレエ『紅色娘子軍』の、楊子栄は革命京劇『智取威虎山』の登場人物。

*手を取り合い……　陝西省、山西省に伝わる民謡の一節。

「二、三人」が誰かを知りたがったが、発財は言った。そりゃ言えないさ、あちらさんだって生きてかなきゃいけないんだからな！

男子たちは言った。貧農下層中農の再教育を受けるんだ*、俺たちを教育してくれよ。

発財は、女を追いかけるには秘訣がある、すぐ後を追うことだ、しつこく追いかけるんだ、と言った。そして唄った。

　二十里の明沙に三十里の川、五十里の道のり会いに来た
　駆けること半月十五回、俺はとっくにがに股だ*

あぜ道でみんなが笑いながら一緒に唄うと、発財は調子を変えてまた唄った。

　深夜にひめゆり咲いたなら、きっとその壁乗り越える
　おもてのチンに噛まれても、俺はおまえの上に乗る

今度は誰も一緒に唄わず、みな顔を赤らめる。農民の一人は言った。都会のガキどもは肝っ玉が軟(やわ)っこいな！

人民公社の幹部は、悪い影響を与えないよう気をつけろ、竜川県ではすでに「上山下郷政策」を破壊する生産隊幹部を処罰したからな、と発財に警告した。その幹部が何をしたのかと発財

＊貧農下層中農の再教育　一九六八年、毛沢東は「若者たちは貧しい農民から再教育を受ける必要がある」として、都市部の中高生らに農村に行って働くよう指示した。

＊二十里の明沙……　陝北民謡「三十里明沙二十里水」の一節。ここでは歌詞はやや改編されている。

が尋ねると、公社の人は「下郷した知識青年の女と寝たんだ」と言った。発財は言った。両方その気でやったことなのに、誰を処罰するって言うんです？

幹部は尋ねた。二人がもしその気でなかったら？

発財は答えた。そりゃあやらないまでです、簡単なことですよ。

わたしたちは発財の率直さが好きだった。親しい女と何回寝たかまで正直に打ち明け、しかも相手の秘密は忠実に守った。仁義に厚い人だ。発財は溌剌として活発で、親しみやすくてよく気がつき、彼と一緒に働くのは楽しく、疲れることがなかった。わたしは言った。もし二年以内に都会の仕事を分配されなかったら、発財のお嫁さんになる！

けれど、二年たたないうちに彼は前順溝の麦子を娶ってしまった……麦子はわたしたちよりずっとよく働いたし、しっかりしていた。世帯をきちんと切り盛りし、劉家のために三人の息子を生んだ。

もちろん、わたしは発財に嫁がなかったおかげで、十年間も後家にならずに済んだわけだ。

麦子は言った。あんた方の誰も訪ねて来やしない、みんな薄情者だよ……

わたしはただ涙を拭くばかりで、一度は恋い焦がれた隊長を思い、何も言えなかった。

わたしに時間がないと知ると、麦子は太った孫娘に急いで食事の支度をさせた。しばらくして女の子は揚げ卵を運んできた。青い絵入りの大きなどんぶりにたっぷり七、八個盛られ、砂糖を二さじと胡麻油がかけてある。炕の上のちゃぶ台には手品のようにキビ粉の揚げ菓子やベビーコーンが並んだ。どれも当時、知識青年たちの大好物だった。麦子はまだ足りないのではと、台所の棚のまぶし芋を持ってくるように言いつけた。まぶし芋は陝北の郷土料理で、穀物が不足していた頃、ジャガイモを細切りにして小麦粉をまぶして蒸し、ニンニクと酢のスープにつけて食べた。食糧難の時代の代用食で、どうしようもない時の苦肉の策だったが、今やこれが珍重されるものとなり、陝北の大きなレストランではみなこれを出している。女の子は言った。棚のまぶし芋は昼に蒸したものだよ、そんなに並べたら、北京から来た「老四」はお腹が破裂しちゃうよ！

麦子は言った。おまえはこの人たちを知らないから……あたしは知ってるんだ、いいから持っておいで。

おもての黄狗は雷鳴が鳴り響くように吠えている。

女の子は言った。今日の三泰はどうかしてるよ！

二

麦子は確かにわたしたちをよく知っていた。

一九六九年、陝北地域で最大の問題は飢餓だった。食べるものがないのではなく、食べても足りない、いくら食べても満ち足りるということがないのだ。

わたしたちは目を青く光らせた狼で、何を見ても最初に思うのは「食べられるかどうか」だった。

毎月、一人十五キロの小麦粉が配給され、決まった時間に劉河人民公社に受け取りに行かなければならなかった。それは生産隊にいる知識青年への国からの最大限の配慮だった。十五キロと聞くと少なくないようだが、これが全然足りないのだ。食糧を受け取る時、わたしたちは全員そろって窰洞を出発し、発財の父のところから灰色の雄ロバを追い立て、険しい山道をふざけ合いながら公社へと向かう。黒子もわたしたちについて来る。黒子は村の農家からもらった犬で、来たばかりの頃は目がまだ開いておらず、うどんのゆで汁で育てた。その頃はもう立派な犬に成長していて、毛は陽光の下でサテンのように艶めき、体つきは美しく、鳴き声もよく響いた。黒子はわたしたちの前になり後になりして快活にはしゃぎまわり、わたしたち荷運び隊の風景の一部になっていた。山を越えて発財の父の視線から逃れると、老二はすぐにロバにまたがり、ロバの背の上で大王のようなポーズをとり、「聚義庁に酒宴を張れ、集いし賢弟諸君に胸のうちを語ろうぞ」と高らかに唄う。わたしたちは裸のロバの背に乗る技量がなく、仕方なくロバの尾をつかんで歩いた。ロバの方もこの役目を重視しているらしく、普段は頑固で言うことを聞かないのに、公社に食糧をもらいに行く時だけはいつも大人しく、言いつけをよく聞いて、おならもしない。公社では実家から届いた全国食糧配給切符*で焼餅（シャオビン）*を買えた。一人四つ、男女平等で、ロバと黒子の分もあった。四つもやったら小さな犬はお腹がパンパンになってしまうから、黒子には半分で、残った二つは発財に持って帰り、わたしたちの友情と日頃の感謝を示した。ロバが荷を背負ってくれるのはわたしたちへの奉仕で、わたしたちに奉仕するということは人民に奉仕するということだから、もてなしをして当然だ。発財の父は、

*全国食糧配給切符
中国では一九四九年の建国当初から九三年まで、主食の米や小麦粉等を買うには、政府が発行した配給切符が必要だった。

*焼餅
小麦粉を練って鉄板で焼いた小ぶりの丸いパン。

ロバと犬に焼餅をやるのはもったいないと言って、わたしたちを罰当たりだ、物を粗末にするな、報いを受けるぞと罵った。わたしたちは報いなど信じなかった。わたしたちは平等を信じていた。ある資本主義国の人は、下水溝のゾウリムシの命も人と同じように貴いと言った。ゾウリムシが貴いなら、ロバや犬がそうでないわけがない。

担いできた食糧は窰洞に置き、老大（ラオター）〔きょうだいで一番上の子の意〕の張秀英が管理をした。老大は真面目で口数が少なかった。女の窰洞にはもともと女学生が四人いたが、一人は病気療養で帰っていった。かかった病気が目新しくて、抑うつ症だ。普段はどこが悪いのか見分けがつかないが、実はうつ状態で、一日中壁に向かって座り、一言も口をきかない。支部書記は彼女が自殺するのではないかと心配し、実家に帰した。もう一人は父親が造反幹部で、一筆書いてもらって県のアナウンサーに配置転換された。窰洞にはわたしと老大が残り、七、八人が横になれるほど大きな炕の両端に、わたしたち二人が眠った。二人の間は葦の敷物を敷いた空っぽの空間で、手足を伸ばしても誰にもぶつからない。わたしたちには後ろ盾もコネもなかった。老大は由緒正しい労働者階級の出身で、祖父は長辛店の「二七」ストライキ*に参加したことがあり、父親は鉄道信号工場の六級旋盤工だ。彼女自身は北京の西城区で紅衛兵ピケ隊員*をしたことがあった。「ピケット」老大は背が高く、立っていれば女ナポレオンといった風情だが、誰よりも気が小さい。一番怖がっていたのは幽霊で、彼女にとっては世界中が幽霊だらけだった。父親が労働者だというのは聞こえこそ良く、「労働者階級はすべてを指導する」と言われたが、実際には何も指導せず、これっぽっちの権利も持ち合わせていなかった。副食品購入手

＊「二七」ストライキ
一九二三年二月七日、京漢鉄道ストライキを当局が武力弾圧した事件。

＊ピケ隊員
ストライキが行われている事業所を監視し、スト破りの就労阻止やスト参加促進活動をする要員。

帳*には白砂糖二五〇グラムに胡麻味噌百グラム、石鹸半個にかんすい五〇グラム、他人より多くもらうことはなく、出勤すればレバーを回してナットを削るだけ、そんな父親が百筆書いたところで、誰も彼の娘をアナウンサーに昇格させてはくれない！

わたしの状況は単純なように見えたが、実は老大よりひどかった。両親は「文革」が始まってすぐに死んだ。二人そろって逝ってしまった。父は母より一八歳年上で、父が六十歳の時にわたしが生まれた。父は正業につかない満州貴族の出身で、歌舞音曲や芝居、書道や絵画に長け、外国語を流暢に話せたが、まともな仕事をしたことがなかった。解放後は政治協商会議*委員になって、これがどうやら正式な身分だったが、実は何の役割もなかった。「文革」が始まると、父のことを大字報〔壁新聞〕に書いた人がいて、父は天が崩れ落ちたかのように驚き、夜のうちに母と相談して、二人一緒に睡眠薬を飲み、そのまま目を覚まさなかった。実際のところ何があったというわけではない。国務委員*は引っ張り出されて引き回しの目に遭いながら生活はいつも通りにやっていた。父はただの政治協商会議委員なのに、たった一枚の大字報に大騒ぎをして、慌てふためいてあの世へ行ってしまうなんて、なんて割に合わないのだろう！　両親は人づきあいが良かったので、誰も二人を「自ら人民と手を切っている」などと言う人はいなかった。人様は言わないし、わたしは家族だからなおさらだ。わたしの出身は「自由業」だったが、誰も「自由業」とは何なのか説明できなかった。だが両親の話題になるといくらか隠しはした。なぜ同じ日に亡くなったのか、言葉を尽くして説明しなければならないからだ。もちろん、一番いい説明は「ガス中毒」だ。わたしは素直で行いも良く、批判的文章を

＊副食品購入手帳
改革開放以前、中国では世帯人数に応じて副食品や日用品の購入上限が定められ、副食品購入手帳で管理されていた。

＊政治協商会議
中国共産党、各民主党派、各界の代表で構成される国政助言組織。正式名称は中国人民政治協商会議。

＊国務委員
中国の最高行政機関である国務院の構成員。党内の序列は副総理の下にあたる。

書いたり資料を整えたりするのが得意だったので、農村に行った翌年には入党できた。それは上層部が支部に「特急入党」のノルマを課したからで、どの村も必ず任務を果たさなければならなかった。わたしの紹介者は発財と彼の父だ。農民二人が「自由業」出身者の入党を推薦するなんて、なんとも面白い。

話を食べることに戻そう。

食糧管理係の老大はちっとも役目を果たせなかった。彼女は単に帳簿を管理していただけで、食事はみんなが交替で作っていた。二人一組で、誰が何をどれだけ作るかは完全に感覚に頼っていた。炊事係は人気の仕事で、野良仕事をせずに済むのに労働点数だけはもらえた。男は十点、女は八点で、年末に合計点によって報奨が支給される。係になるとみな腕を振るって競い合い、それまでになかったような独創的な料理を作り、地元の農民とは比べ物にならなかった。食糧をもらってから十日ほどは、食卓はとても豊かで、新鮮な食材が並び、烙餅(ラオビン)*に饅頭(マントウ)、うどんまで、腹が痛くならねば満腹にあらずとばかりに懸命に詰め込んだ。その後の十日間は倹約ぎみで、重湯やお粥、すいとんなどの柔らかいものばかり、老五(ラオウー)〔きょうだいで五番目の子の意〕はこれを「いんちき飯」と呼んだ。見た目は満腹になりそうだが、すぐに消化されてしまって力仕事の足しにならない、というのだ。最後の十日間は「自力更生」だった。班長のわたしは厳かに宣言する。今日この日から、『地道戦』のように「各自で戦闘を行え」、「一発撃ったら場所を変えよ」、「空振りは許さん」という具合だ。

含みのある言い方だが、意味するところははっきりしていた。つまり、食事は自分で調達し

＊烙餅
小麦粉をこねて薄く伸ばし、鉄板で焼いたもの。

ろということだ。

調達方法は三つあった。まずは家庭訪問だ。事前に調査し綿密に計画して、村内の家々に潜入し、雑談をしつつ居座って、食事時には面の皮を厚くして立ち去らず、飯を食うなら自分にも一碗という具合。実際にはご馳走になる、文化人の表現で言えば「無心する」というやつだ。二つ目の方法は生産隊訪問だ。附近の村々にはどこでも知識青年がいて、前順溝、段家河、甘谷峪(かんこくよく)、閻王砭(えんおうへん)、百里四方はみな友人、会いに行くのはよくあること、誰もが落ちぶれた身の上、訪ねるに知己である必要があろうか。知識青年の間には暗黙の了解があり、どこから来た者だろうと知識青年であれば一律に食住の面倒を見る、しばらく泊まっていってもいい、十日や半月でもかまわない、という完全なる共産主義供給制であった。わたしたちが彼らのところに行くこともあれば、彼らがわたしたちのところに遊びに来ることもあった。各地で配給の日は異なっていたし、みな外面は良かったから、桃をもらえば梨でお返しをするという風に、訪問者がいれば互いに物を分け合い、少しも出し惜しみすることはなかった。この点、わたしたち後順溝は際立っていて、みなわたしたちを緑林*の領袖と呼び、黄土高原で一番気立ての良い奴らだと称(たた)えた。三つ目の方法はわたしたち全体でやる「副業」だ。「副業」というのは二十一世紀に入ってから使われるようになった言葉だが、一九七〇年代にはすでにわたしたちが秘密裏に使っていた。大地と飢餓がわたしたちにポストモダンな言語感覚を与えたのだ。わたしたちは本当にすばらしい集団だ。いわゆる「副業」とは、簡単に言えば「ついでに失敬」ということで、その内容は様々だ。ここではいちいち紹介しない。昔の人は「長者のために諱(かく)す」(『春

*緑林
盗賊や山賊を指す。

秋』に見える言葉〕と言ったが、わたしたちは自分のために諱す。尊厳と体面の問題があるからだ。

わたしたち後順溝に下郷した知識青年は五人で、張秀英、劉二東、李抗美、わたし、それに王小順だった。地元の農民はわたしたちを名前ではなく、面と向かっては背の高い順に老大、老二……と呼び、陰では「狼」「飢えた狼」と呼んでいた。わたしたちが下郷してから、村では鶏がいなくなる事件が相次ぎ、野兎も滅多に姿を見せなくなったからだ。

老五の王小順は農民たちから「五狽」と呼ばれていた。背は一番低く、小さな男の子のように機敏で、いつもくるくると機転をきかせてあっという間に新しい考えを思いついていた。頭が良くて勉強熱心だったので、はだしの医者*として配属された。当時はどの村にも兼業のはだしの医者がいた。「はだし」と言っても靴を履かないわけではなく、農村出身という意味だ。毛主席が偉大な「六・二六指示」*で、医療工作の重点を農村に置こうと呼びかけてから、はだしの医者はこの政策にとって重要な存在になった。はだしの医者は村の推薦を受けて県の衛生院で三カ月間研修に参加し、戻ってくればお医者さまだ。後の『春苗』*という映画では、はだしの医者の正しさや優秀さが描かれていた。あの映画に出てくる専門家たちはみな取るに足らない役立たずで、顔立ちを見ればまともな人間でないことがすぐにわかる。五狽の医療水準は知れたもので、軽い病気もちゃんと治せない、重い病気はいっそう無理、何かといえば身体の熱を取るのだと冷水を飲ませてばかり、誰も彼に診てもらいたがらず、彼も患者に赤チンや消炎剤を塗ってやることしかできなかった。衛生院は彼にきらきら輝く鍼（はり）を支給した。長いのや短いの、太いのや細いの、三稜鍼（さんりょうしん）*もあった。五狽はもらった鍼を試したがっ*ていたが、

*はだしの医者
正式な医師免許を持たず、短期間の医療訓練を受け、農村で農業の傍ら医療に携わる医者をいう。

*「六・二六指示」
毛沢東の「医療衛生工作の重点を農村に向ける指示」（一九六五年六月二十六日）を指す。

*『春苗』
一九七五年公開の中国映画。謝晋ら監督。農村女性春苗がはだしの医者となり、悪辣な医師たちを相手に奮闘する物語。

*三稜鍼
鍼術に用いる鍼の一種で、稜（かど）が三つある。腫物の切開や瀉血に用いる。

自ら犠牲になろうという者は最後までいなかった。

五狽は末っ子で、上には兄が一人いた。兄は造反派組織の兵団の一員で、スローガンを言い間違えたために現行犯で牢屋に入れられ、精神に異常をきたし、それから亡くなったという。病気だったそうだ。五狽の母は紙箱を作る内職をしていた。わたしたちが北京を出発する時、彼の母親は駅まで見送りに来ていたが、白髪で小さな風呂敷包みを下げ、まるで難を逃れてきた婆やのようだった。彼女はかつて雑貨屋を営んでいたため、「小事業主」に区分されてしまった。小事業主の立場は微妙で、団結も打倒もできず、けったいな輩と見られる階級だった。これが五狽の機を見るに敏な性質を育てた。彼は状況を見て行動するのが得意で、何事も顔色一つ変えずにやってのけ、良く言えば「大事に臨むたびに冷静」*だが、農民たちの言い方を借りれば「腹いっぱいに悪だくみを抱えた『砕慫（スイソン）』」だ。陝西方言で「砕」は「小さい」という意味で、これはわかりやすいが、「慫」はあまり馴染みがない。発財の父に尋ねたら、さすまたを振り回されたことがある。後にそれが男性の精液や精子を指すと知った。標準語に翻訳すると、王小順は「小精子」だ。わたしたちはこのあだ名はなんて真に迫っているのだろうと感心した。問題はこれほどユニークな名前が農民たちに忘れ去られ、精子小順が「五狽」と呼ばれるようになってしまったことだ。

狽とは狼の群れの中の軍師をいう。狽がいる狼の群れは向かうところ敵なしで、いわゆる「狼狽の奸」とはそういう状況を指していう言葉だ。地元の伝説によると、ある農民が市（いち）で柴を売り、日が暮れてからようやく帰ろうとして、狼の群れに遭い、喰われそうになった。農民

＊大事に臨むたびに冷静　清末の政治家・書家翁同龢（おう・どうわ、一八三〇～一九〇四年）の対聯の一句で、原文は「毎臨大事有静気」。

はとっさに麦わらの山によじ登り、上から狼たちと睨み合った。下にいる方は上がっていけず、上にいる者は降りられずで、身動きが取れない。その時、狼たちは一匹の獣を呼んできた。その獣は狼のようでも犬のようでもあり、体つきは小さく、毛の色は暗く、両目を光らせ、進む時は前足を二匹の狼の背に乗せて、まるで輿に乗っているかのよう。その獣が何かを指示するようにウーウーと低く唸ると、狼たちはばらばらに散り、麦わらの山をぐるりと取り囲んで、口で下の方のわらを引き抜き始めた。山は見る間に崩れていき、農民は大声で助けを呼んだ。ちょうどラバを連れた人が数人通りかかり、狼たちを追い払ってくれた。その人たちが言うには、農民が見た獣は狽で、悪知恵が働き、人間よりも賢い。だがこの利口な動物には弱点があり、前足が短く後足が長くて、尻が上につき出ているから、狼の背に乗らないと歩けないのだ。動けるものには知恵がなく、知恵があるものは動けないなんて、お天道様のご采配はまったく巧みなものだ。

五狽小順の足は狽のように悪く、歩く時には少し足を引きずっていた。足のことを尋ねられると、五狽は、小学校の体育の授業で鉄棒から落ちたんだ、石膏で固めて何カ月も入院した、と説明した。だが彼と同窓の老三によれば、五狽は入院など一日もしたことがなく、病院の門がどちらの方角を向いているかすら知らないという。五狽の足は小児麻痺の後遺症で、鉄棒とは関係なく、五狽は子供のころから体育の授業に出たことがない、その時間は教室で自習をしていたのだと。すると五狽は慌てもせずに言った。調査もしていない者に発言権はない、と毛主席は仰っている。おまえは俺の母親でもないのに、何がわかるんだ？

足の悪い五狽は小柄だったが、餅（ビン）*を一度に八枚も食べたうえに、タンメン二杯と茶碗半分の漬物を平らげた。食べ物は小山のように積み上がり、大きなまな板の面積のほとんどを占めるほどだった。五狽の小さなお腹にこれほどたくさんのものが収まるとは誰にも考えられなかった。五狽はとても親孝行で、毎月二通の手紙を母親に送っていた。手紙には事の大小を問わず何でも書いた。犬の黒子の描写だけで便箋を二枚使い、さらに絵を描き添えていたこともあった。五狽の胸には哀しみと心配が詰まっているのをわたしは知っていた。手紙の長さは、母親への想いの深さなのだ。

五狽のことを暴露した老三は李抗美という名で、父親は「革軍」、つまり革命軍人で、朝鮮戦争に参加してアメリカと戦ったことがあった。李抗美〔アメリカに抵抗するの意〕には弟が二人いて、一人は李援朝（リ・ユエンチャオ）〔朝鮮を援助するの意〕、もう一人は李衛国（リ・ウェイグオ）〔国を防衛するの意〕という名前だった。父親の職業によって出身が決まってしまうから、出身の問題はわたしたちの世代にとってはとても重要だった。「親父が英雄なら息子は好漢〔立派な男〕だ、親父が反動分子なら息子は阿呆だ」というのは当時よく言われていたスローガンだが、数十年たって思い返すと、こんなろくでもないスローガンを打ち出した人の子どもは一体好漢なのだろうか、それとも阿呆なのだろうか。

「革軍」出身の老三は食事も軍人式で、「速い」の一言、塩をかけた汁なし麺を鉢に四杯、二十分もかからずに平らげた。食べ方はひどく下品で、頭の上にまで麺がついていた。四十年後の今、わたしはテレビでよく外国の大食い競争の番組を見かける。数人の若い男女が一列に並んで座り、規定時間内に誰がより多く食べるかを競うのだ。ある日本の地味で痩せた若い女

*餅　原文は「発面餅」。小麦粉をこねて発酵させ、鉄板で焼いたもの。

性が四十分で四十一杯の納豆ご飯を食べ、空の茶碗が彼女の顔を遮るほどに積み重ねられていた。そこまで見てわたしは少し切ない気持ちになった。あの頃の老三がこの試合に参加していたら、誰も彼に歯が立たなかっただろう。老三は食事をする時、茶碗ではなく鉢を使った。劉河公社からわざわざ買ってきた素焼きの鉢で、農村ではおまるとして使うものだが、老三は食器にしていた。食事となると彼は鉢を抱えて突進し、水物も乾物もかまわず懸命に鉢に詰め込み、見ていて胸がむかつくほどだった。みな老三の鉢を見るたびに罵り、その鉢をかまどに乗せようものなら、火かき棒で叩き壊すぞと言った。老三は、なにも小便を入れていたわけじゃない、見た目が不格好なだけだ、と言い返した。白い紙には新しく美しい文字を書きやすい、新しく美しい絵を描きやすいと偉大な領袖〔毛沢東のこと〕も仰っている、俺の鉢は一枚の白い紙のようなもので、好きなように使えばいいんだ、と。老大は、「金猴奮い起こす千鈞の棒、玉宇澄まし清める万里の塵」*よ、私が当番の日が来たら、そのおまるを谷に捨ててやるから、と言った。老三は言った。やってみろ！　俺の鉢を捨てたら洗濯棒で鍋に穴を開けてやる、俺が食えないならおまえらにも食わせるもんか、「玉宇澄まし清める」だ、みんなで空きっ腹を抱えるがいい。

　わたしは食べることにかけても遠慮などしなかった。たしか箸一本に蒸しパン五つを刺し、窖洞の入り口にしゃがんでジャガイモ汁を飲んでいた時、黒子がわたしの前にうずくまり、残り物をめぐんでもらおうとしていた。最後の蒸しパンを自分の口に押し込んだ時、わたしは犬の絶望と苦しみの眼差しは人間とほとんど変わらないのを知った。老大はわたしたちと食事を

＊金猴……毛沢東の七言律詩「郭沫若同志に和す」の一節。「金猴」は孫悟空のことで、ここでは紅衛兵を指す。「玉宇」は空、宇宙。

取り合うことはあまりなかったが、食べる量は誰にも劣らなかった。老大は木の箱を一つ持っていて、炕の隅に置き、宝物のように鍵をかけていた。わたしたちはみな、その中には老大の私物、たとえば貴重な漬物炒めや煎り豆などが入っていると知っていた。国慶節〔建国記念日〕に彼女の父が落花生を一包み送ってきたことがある。それは北京市民への配給だったが、彼女の実家では食べず、全部送ってきたのだ。老大が布団の中でこっそり落花生を食べる音を聞いて、わたしは大声で叫んだ。ネズミがいる！

すると老大は布団の中から手を伸ばし、わたしに皮を剥いた落花生を五、六粒くれた。もう湿気(しけ)ていたが、それでもとても美味しかった。

五人の中で特に触れねばならないのは老二、劉二東だ。劉二東は河北北京中学の出身だ。そこは学生たちから「河北北」と呼ばれていて、北京にある良い学校だった。もともと彼は内蒙古兵団に行くはずだったが、よりによって陝北に来たのは、彼の言葉によれば「一心に千年の鉄の鎖を打ち砕き、人民のために万代の幸福の泉を切り開く」ということだ。これは革命模範劇『智取威虎山』の一節で、ここに用いるのはやや反動的だが、誰もそれを正そうとはしなかった。彼は陝北が水不足だと聞き、小学校の教科書の「水を飲むときは井戸を掘った人を忘れない」という話に影響され、後順溝に井戸を掘って、ここで水を飲むために村の外まで汲みに行かねばならないという苦境を変えようと決意した。水の桶を担いで坂を上がるのは、わたしたちにとってあまりに重い試練で、水汲み係の順番が回ってくるとみな怖気づいた。桶を二つ担いで一気に坂を上らねばならず、途中に足を休める場所は一切ない。桶を担ぐと前が高く後ろが低くなり、大股で進めず、身体を斜めにして一歩ずつ移動しなければならない。うっかり桶をひっくり返して水をこぼしたら、坂の途中にへたり込んで泣いてもいいが、暗くなるまで泣いた後はまた下りて行って水を汲まねばならなかった。

老二の実家は河北省献県の県城の北、河間府にあり、彼と父親は北京に、母と祖母は農村に住んでいた。実家がある地域は小さいけれど有名で、緑林の好漢と呼ばれる竇爾敦はそこの出身だった。竇爾敦の元の名は竇開山で、幼名は劉二東と同じ二東だ。京劇『盗御馬』に出てくる竇爾敦は青い顔に赤いひげ、緑の衣に黒い靴を履き、登場して見栄を切ると「聚義庁に酒宴を張れ、集いし賢弟諸君に胸のうちを語ろうぞ」と唄う……これは老二が一番好きな段で、老二の唄やしぐさを見て、わたしたちは竇爾敦の気迫と美しさを想像した。

何度も聴くうちに、わたしたちはみな唄えるようになった。夕焼けの下で、空きっ腹を抱え、わたしたちは窰洞の前の空き地に腰を下ろし、みんなで声を張り上げ「聚義庁に酒宴を張れ」と唄った。これ以上ないほど壮烈な心境で、「出発に臨んで母の一碗の酒を飲む」*よりも気迫に満ちていた。

わたしたちは老二の話から、彼の故郷の侠客、竇爾敦は金持ちを懲らしめ貧乏人を救う人物だということを知った。竇はかつて単身、皇帝の厩（うまや）に潜入し、香を焚いて見張りを眠らせ、短剣で門番を刺し殺し、「金の鞍に玉の轡（くつわ）をつけ、風を追い月を駆る千里の駒」を盗み出し、緑林の義士たちを大いに励まし、朝廷に重大な打撃を与えた。竇爾敦の敵（かたき）は黄三泰、その息子は黄天覇という。彼らは竇爾敦との手合わせで飛び道具を使う汚い奴らだ……老二が京劇にこれ

＊出発に臨んで……革命京劇『紅灯記』で主人公・李玉和が日本軍に宴会に招かれ、家を出る際に家族に向けて歌う一節。

ほど詳しいのは、彼の父親が京劇俳優で、『盗御馬』の竇爾敦を演じて有名になったからだそうだ。老二は語った。竇爾敦の隈取りは一番きれいで、衣装も一番鮮やかで、要するに清の時代の竇爾敦はとても偉い、だから竇を演じた父もとても偉い。彼の父親は架子花臉（ジアツホアリエン）＊で、唄、せりふ、しぐさ、殺陣（たて）、どれもできた。老二は父親をどこまでも崇拝していた。今お父さんは竇爾敦を唄っているのかと五狽が尋ねると、今は『紅灯記』をやっているという。『紅灯記』のどの役柄かと尋ねると、老二は「粥売りだ」と答えたが、後になって「鋏研ぎ（はさみ）だ」と言ったり、「靴修理屋だ」と言ったりして、決まった答えがなく、みんなは大いに失望した。偉大な英雄、竇爾敦が「革命の群衆」に身をやつすのはまだいいが、「日本軍憲兵甲、憲兵乙」になってしまうとしたら、本当にがっかりだ。

県では毎月、人民公社で知識青年向けに露天映画を上映していて、タイトルは革命京劇『紅灯記』か『地道戦』のどちらかだった。彼らはわたしたちがこの二本が大好きだと知っていたし、わたしたちももちろん毎回欠かさず一〇キロの山道を歩いて見に行っていた。一つには各地の知識青年と会って話ができるから、もう一つには『地道戦』なら伝宝の姿を見られるし、『紅灯記』なら老二の父の竇爾敦を探せるからだった。わたしたちは『紅灯記』と『地道戦』の二本を暗唱できるほどになっていて、俳優がまだ口を開いていないうちから曲を唄い始める。みんな揃って、銀幕の中と外が呼びかけ合い、その声に山々が打ち震える。熱気に満ちていて、今のようにケミカルライトを持って人気歌手の誘惑の下で左右に揺り動かすより、百倍も楽しかった。

＊架子花臉　好漢や豪傑、大悪党などの役を専門に演じる京劇俳優。二花臉。

三

麦子の言いつけで、太った女の子がキビ粉の揚げ菓子を作ってくれた。揚げ具合はちょうどよく、黄金色に輝いて、食卓に乗せると窰洞中が香ばしい香りに満ちた。麦子は揚げ菓子に砂糖をかけ、わたしに勧めて言った。あんた方はみんなこれが好きだったね。北京に帰る時にいくつか持って行くといい、みんなに食べさせてあげて。

わたしは言った。いいえ、北京にはわたしと老二しかいないから。

あの頃大食漢だった老二が今は糖尿病を患っていることを、わたしは麦子に告げなかった。今年の集まりでわたしは彼に会ったが、彼はインシュリンを注射していると言っていた。テーブルに乗ったものはあれがダメこれがダメと言い、妻が作ったというふすま入りの全粒粉の蒸しまんじゅうを持参していて、自嘲気味に『茶館』*の台詞を真似て言った。昔はなぁ、歯があっても食べる落花生がなかった。今はどうだ、落花生があっても歯がなくなっちまったよ！

食卓の上の揚げ菓子はジュウジュウと魅惑的な音を立てている。この揚げ菓子は陝北にしかない。北京で懐かしく思い出したのもこれだった。七〇年代に流行した懐メロのカバー曲に、紅軍の陝北入りを歓迎したものがある。

ほかほかの揚げ菓子をよ　アイハアイハヨー
食卓に並べてよ　アイハアイハヨー

*『茶館』
北京出身の作家、老舎（一八九九〜一九六六年）の三幕劇。一九五六年作。

熱々の米酒をあの人に飲ませよう　イアールヤールライバヨー*

何もかも忘れてしまったけれど、食べ物のことだけは覚えている。

発財と麦子の婚礼の日にわたしたちが食べたのもこのキビ粉の揚げ菓子で、飲んだのは自家製のアワ酒だった。あの頃の麦子はつやつやと血色のいい顔をして、お尻は丸くて可愛らしく、おさげ髪は両手でなければつかめないほど太かった。今のようにしわくちゃになって、小さく縮こまり、病気でふらつくようになるなんて。麦子に婚礼の日のことを話すと、彼女は答えた。何十年もたつのに、よく覚えていてくれたね。

わたしは言った。忘れるわけがないわ。わたしたちと黄三泰の因縁はあの日に始まったのよ。

麦子は笑った。その笑顔に当時の面影がよぎった。

結婚は一大事だ。隊長が嫁を取るというので、村人たちはみな手伝いに行き、女たちは数日前からあれこれと準備を始めた。真新しい布団を縫い、カササギがキスをしている切り紙細工を作り、窰洞の壁を真っ白に塗り、窓ガラスはピカピカに磨き上げ、新しい部屋に上海製の「緑宝」ブランドの石鹸の香りを漂わせた。南側の窓辺には延安から買って来た丸い鏡を置いた。鏡の裏には労働者と農民と兵士が喜びあう絵が描かれていて、農婦は麦の穂を抱え、労働者はハンマーを掲げ、兵士は一番高いところに立って銃を背負っている。鏡の脇にはプチブル風のプラスチックのピンク色の櫛を置いた。櫛の歯はとても広くて大きく、当時としては極めて珍しいものだった。窰洞の奥の壁際の机には人民公社革命委員会から贈られた毛主席の「宝の書」

*熱々の揚げ菓子を……陝北地方の民謡を基にして作曲された革命歌『山丹丹開花紅艶艶』の一節。

〔毛主席語録を指す〕を置いた。表紙の文字は金文字で、赤いリボンでくくられ、とても目を引いた。入り口には白いカーテンがかけられ、カーテンには太陽の方を向くヒマワリが刺繍されている。それは村の女たちからの祝いの品だった。扉の傍の台には生産大隊の婦人連盟から贈られた琺瑯びきの洗面器が置かれ、そこには真っ赤な文字で「私たちは国中から集った、共通の革命の目標のために」という毛主席の言葉が入れてあった。農民たちの直接的な理解によれば、劉発財と黄麦子は共通の目標のために同じ炕の上に眠りに集ったというわけだ。

すべての準備が整い、あとは新妻の入居を待つばかりとなった。わたしはいささか気落ちしていた。自分が道化者だと、自分と陝北生産隊長との間には男女の感情など何も起こらないとはっきりわかっていたはずなのに、やはり切なく思わないわけにいかなかった。発財はもちろんわたしの気持ちなど知らず、流行に乗って、わたしを麦子の介添人にしたがっていたが、わたしが何も答えないうちに、老大が断ってしまった。老大は言った。介添人っていうのは新妻の実家の人間がやるものよ、新妻と親しい人でなければいけないの、わたしたちは麦子なんて知らないんだから。花婿の介添人ならやってあげてもいいわよ、王小順がちょうどいいわ、と。発財は足を引きずる五狽を見て、口をゆがめた。わたしは言った。何て顔をしているの？こんなにハンサムな北京の若者が介添をしてくれるなんて、鉦や太鼓で探したって見つからないわよ！

発財は言った。嫁の介添人がいないのに俺につけてどうするんだ。五狽が傍に立ってたら、三人で結婚すると思われるじゃないか。

谷の向こうから、豚を絞める音が聞こえてきた。その音はとても大きく、わたしたちの胃袋を激しく誘惑した。その豚のハツやレバーやヒモを、指三本分の分厚い脂身がついた肉を想像し、みんな居ても立ってもいられなくなった。老二が言った。畜生、毎日誰かが結婚すればいいのにな。

五狽は言った。豚がいなきゃ、百人が結婚したって何にもならないよ。

婚礼の日の朝、わたしたちはみな食事をとらなかった。一つには胃袋を空けておくため、もう一つは何も食べるものがなかったためだ。前日の午後、わたしと五狽は料理をしようと、小箒で小麦粉の袋の中身を掻き出したが、小麦粉はひとつかみもなく、仕方なくニンニクの芽入りの汁ばかりのすいとんを一人一碗割り振るしかなかった。ニンニクの芽は五狽が川向こうから失敬してきたものだったが、もうトウが立ち、下の方には小さなニンニクができていた。噛み切れないので、わたしがみじん切りにしてゆでた。一番食欲を失ったのは卵炒めだ。五狽はニンニクの芽を調達した後、農家の鶏小屋を一軒一軒訪問し、卵を十個頂戴してきた。卵はすいとんの汁に入れれば美味しいのに、五狽がどうしても卵炒めが食べたいと言うので、言う通りにしたのだ。卵は五狽が取ってきたものだったから、五狽の一存で決まった。十個の卵は少しも油をひいていない鍋に入れられ、たちまち一塊に硬くなり、生臭い臭いが鼻をつき、吐き気を催すほどだった。幸いなことにこの手の料理はみなもう何度も経験済みだったので、一大事にあたっても沈着冷静な心構えができていて、ニンニクの芽のスープや生臭い卵にも誰も文句を言わなかった。五狽はどんぶりを抱え、わたしに向かってにやりと笑い、発財の家のお酢が足りるといいな、と言った*。

腹いっぱい食べられるのをわたしたちが首を長くして待っていると、老大が実家から持ってきた真新しい掛け布団の布団皮をはがしてきた。それは彼女が毎日かけて寝ているえんじ色のシルク混の布団皮だった。「シルク混」とは何なのかがわたしにはいまだによくわからない。サテンのようでサテンでなく、きらきらと輝いて、普通の生地よりも間違いなく高級だ。さすがに老大で、わたしたちよりよく気がついた。人様の婚礼に行くのなら、普段ご馳走になるのとは大違いだから、手ぶらで行っていいわけがないわ。いい若者と娘たちがただ食いだなんて、恥ずかしいわよ！

昼が近づき、新妻が赤い絹を頭にかぶり、赤い上着と赤い靴を身につけて、赤い絹をかけたラバに乗ってやってきた。ピープーというチャルメラの音、パンパンという爆竹の音が山を震わせ、雀たちは飛びまわってしばらく降りてこなかった。実家から見送りについてきたのは麦子の三番目の兄の黄三圏(サンチュエン)で、彼は真新しい黄茶色(カーキ)の軍服を着て、黄茶色の軍帽をかぶり、まるで退役した軍人のようだった。

谷の向こうでわたしたちを食事に呼ぶ声がした。みんなその知らせを待ちわびていて、一塊になって坂道を駆け下りた。黒子が先頭で飛び跳ね、しんがりには飼い始めて二カ月のヨークシャー種の豚までついてきていた。一団はドタバタと坂道の埃を高く巻き上げ、遠くから眺めるとまるで装甲車がやって来たようだった。わたしは疾駆する仲間たちを大声で呼び止め、落ち着いて行儀よくするように、匪賊まがいに「すさまじい勢いで山を下り」、竇爾敦を演じて

＊お酢
中国語で「お酢を飲む（吃醋）」は「焼きもちを焼く」の意。

いるかのごとく振る舞うのはやめるようにと言った。老三は答えた。有利な地形を占領しないと、出遅れたらいい場所を取られちまうよ。

わたしは言った。宴席に犬や豚まで連れて全員出動するなんて、北京人も落ちたものだと思われるわよ。

みんなは豚や黒犬を見て笑い、ちょっと目を離した隙に、どうしてついてきたんだ、と言った。二匹を追い払って帰そうとしても、どちらも帰りたがらず、後ろの方でぐずぐずとうろついている。老三は土くれをつかんで豚に投げつけたが、豚は頭を振ってまたついてくる。老二は黒子に向かって行って怒鳴った。帰れ！

頭がいい黒子は、物分かりよく足を止めた。

坂を下って見ると、黒子が豚の耳をくわえて柵の中へと引っ張っている。老三は言った。黒子の奴、やるじゃないか。ご褒美に骨を持って帰ってやらなきゃな。五狽は言った。黒子がおまえみたいに単純だと思ってるのか？

はたして、わたしたちが谷川の飛び石のところまで来たとき、黒子が追いついてきた。豚を連れ戻してから、自分ひとりで来たのだ。老三が黒子を蹴とばすと、楽しげにワンと鳴いて、村に入っていった。

婚礼は発財の家の前庭で行われた。庭の西南の隅に小屋をかけ、専用の料理人が食事を作っている。大きな蒸籠（せいろ）が熱い湯気を立て、鍋はジュウジュウと音を立て、食欲をかき立てる。一人の女性がわたしたちを席に案内してくれた。村の少年たち以外は、誰もわたしたちと同席したがっていないことがわたしたちにはわかった。宴席は速席と慢席があった。これはわたしたちの呼び方で、実際には一般席と主賓席だ。慢席には新郎新婦と地位のある人が座り、ゆっくりと上品に食事をしたが、速席は奪い合いだった。わたしたちはもちろん速席だ。村の少年が数人、すでにそこに座っていて、前菜が八皿並んでいる。皿は大きく、量も多く、色鮮やかで美味しそうだったが、よく見るといささかがっかりさせられた。細切り大根の和えものに細切りジャガイモの和えもの、春雨の和えもの、細切り昆布の和えもの……唯一の肉料理は豚の耳の和えもので、耳は極めて細く切られ、田舎にしては一流の腕前というところだ。老二は前菜の中に豚頭肉の料理を探した。豚頭肉のニンニク和えは老二の実家の地方では宴会に欠かせない料理で、寶爾敦とその一味が胸中を語り合う時に食べたのは、大きく切った豚頭肉のニンニク和えに違いないと彼は考えていた。彼は寶爾敦たちが「聚義庁に宴席を張」って残した河間府の伝統的食文化を語り始めた。老三は隣の席の少年にぶつぶつと尋ねた。肉はどこへ行ったんだ？　少年は答えた。豚は片身を残してあるよ、付き添い人の黄三圏が持って帰るんだって。それは陝北の風習なのかと尋ねると、少年は違うと言った。黄三圏が前順溝のために確保したのだと。

黄三圏ってのはろくでもない奴だ、とみんなは言った。五狽は言った。黄三圏は目玉は黄ばみ、髪の毛も黄ばみ、手の指の爪も全部黄ばんでいる、全身丸ごと黄三圏なんだ。老三は言った。あいつが来た時からわかってたさ、黄三圏のあの軍服は借り物だ、あいつの体格と二サイズも違う。服を借りたのに靴は借りなかったから、見ろ、あいつのでかい布靴、お里が丸見えだぜ！　老三は部隊育ちなので、部隊の装備にとても詳しかった。そのためみんなは老三の判断を信じて疑わず、黄三圏の退役軍人スタイルは偽物だと思い込んだ。老二は言った。何が黄三圏だ、あいつは黄三泰だ、そのうち叩きのめしてやる！

　五狽は虚勢を張って言った。黄三圏が俺の手に落ちたら、まずはあいつの脳天の急所に三稜鋮を突き刺してやる。倒れた後のことはそれから考えるさ。

　人民公社の幹部、紅宇宙（ホン・ユイチョウ）が祝辞を述べた。だが実際には毛主席の著作の暗唱で、それで自分の専門的知識を披露するというわけだ。彼は毛語録の暗唱でのし上がったという噂だった。紅宇宙は元々は賈宝貴（ジア・バオグイ）という名で、人民公社の会計係だったが、文革で造反をして幹部になったのだ。出世してから、「賈宝貴」という名は田舎臭くてあまりに「四旧」*だ、時代遅れにもほどがあると考えた。だが彼の「賈」という姓はどうにも扱いかねた。「賈革命」、「賈文革」、「賈衛東」、「賈造反」、どんな名前をつけても全部「假（ジア）〔ニセモノ〕」になってしまう。いっそのこと姓も変えてしまえ、徹底的に変えるんだと、「紅宇宙」を名乗った。紅（あか）いこと甚だしく、無限に大きい。ひけらかしもここまでくるとわけがわからない。みんなはこれ以上ないほど聞き慣れた「ベチューン同志はカナダ共産党員で、万里を遠しともせず中国にやって来た……」を紅宇宙が暗唱するのを聞きつつ、目の前の前菜を眺め、どの皿が自分から一番近いかを目算し、最初にどの料理を取るか思案していた。重苦しい「低級な趣味から抜け出した人」*の一節の後、紅宇宙の声は突然一オクターブ跳ね上がり、「決意を固め、犠牲を恐れず、万難を排して、勝利を戦い取るのだ！」*とみんなに呼びかけた。

*四旧　文化大革命初期に打倒の対象とされた「古い思想、古い文化、古い風俗、古い習慣」を指す。

*「ベチューン同志は……」「低級な趣味……」　いずれも毛沢東「ベチューンを記念する」の一節。ベチューン（一八九〇〜一九三九年）はカナダ人医師で、一九三八年に中国共産党の本拠地延安に渡り医療活動に従事した。

*「決意を固め……」　中国共産党第七期全国代表大会（一九四五年六月）での毛沢東のスピーチの一節。

わたしがぼんやりとしているうちに、みんなはすでに行動を起こしていた。「万難を排する」とはつまり「食事開始」の合図だったのだ。長く経験を積んだ村人たちはすでにどの言葉が何を指すのか熟知していて、決して間違えなかった。この合図で、わたしは同じ卓の少年たちの凄さを初めて知った。「突然の雷は耳を覆うに及ばず」とは、「疾走する稲妻は目を覆う暇なし」とはどういうことかをようやく悟った。八皿の料理の中からわたしがニンジンの細切りを一箸つまんだばかりのとき、食卓はきれいさっぱり掃討されていた。

さすがは「速」席だ！

皿が下げられ、長いこと座が白けた。みんなは主菜の到来を待ちわびていた。慢席ではまだ譲り合いが続き、紅宇宙は語り続けている。「毛沢東同志は当代きっての偉大なマルクス・レーニン主義者であり、毛主席の偉大なる思想は、世界革命人民の前進を指導する灯台だ。我々は毛主席の著作を実際と結びつけて学び、言葉を用いるには断固として努力しなければならない……」*

わたしは考えていた。一時の政治運動が、なぜきちんとした会計係だった賈宝貴をこんな風にしてしまったのだろう。

新郎新婦が乾杯にやってきた。自家醸造の酒は濾過しておらず、酸味の中に甘みがあり、薄い粥のようにとろみがついていて、茶碗でぐいぐい飲めた。控えめにしておきなよ、と新郎の発財はわたしたちに言った。米酒は強くて、回るのが早いんだ。ぶっ倒れるなよ。新妻の麦子は恥ずかしそうな顔をして、発財の後ろにくっついて黙ったままただ微笑んでいた。両頬には

＊「毛沢東同志は……」中国共産党第八期中央委員会第十一回全体会議（一九六六年八月）コミュニケの一部「毛沢東思想の偉大な紅旗を高く掲げよ」の一節。

深いえくぼが刻まれ、とても従順で可愛らしかった。発財と麦子が並んで立っていると、生まれながらの似合いの男女に見え、みんなは末永くお幸せに、などと祝いの言葉を贈った。発財はみんなに腹いっぱい食べるように言ったが、老二は箸で食卓をリズムよく叩いて言い返した。何を食えって言うんだ？　豚の頭肉はどこだ？

発財は振り向いてちらっと麦子を見た。麦子はやはり微笑んでいた。発財は言った。まあ、この通りだから。また埋め合わせをするから、いいだろう？

老三は言った。約束は守れよ、指切りだ！

二人は小指を絡めた。

主菜が運ばれてきた。どんぶりに入った蒸し料理で、どんな料理なのかよく見ないうちに数本の箸が料理を奪い取っていき、わたしの番になったら、底に敷かれた油まみれのジャガイモが一切れ、残っていただけだった。次のどんぶりはまだ卓に置かれないうちから「空中戦」で大半を持って行かれてしまった……こんな食べ方には、素焼きの鉢でかき込むのを得意とする老三ですら、いささか唖然とした。北京の知識青年は農村の少年たちの相手にもならないことがすぐにわかった。向こうは幼い頃からこうした場面で技を鍛えてきたのだ。その箸さばきは安定し、正確で、容赦ない域に達していた。三番目のどんぶりで山盛りの細切り肉が登場し、みんなは歓声を上げて立ち上がり出迎えた。だがわたしと老大はかすかに一目見ただけで押し出されてしまい、人々をかき分け、頭を下げてもぐりこんだ時には、卓上には空のどんぶりが置かれているだけ、スープすら残っていなかった。

老大は言った。普段から顔を合わせているのに、どうして今はお互いに他人のようになってしまったの？

五狽は紅宇宙の訛りを真似して言った。「革命とは客を招いてご馳走することでもなければ、文章を練ったり、絵を描いたり、刺繍をしたりすることでもない。そんなお上品で、おっとりして、みやびやかで、穏やかで大人しく、うやうやしく、つつましく、控えめなものではない。革命とは暴力だ。ある階級が別の階級を打ち倒す、暴力的な行動なのだ」＊

幸い、キビ粉の揚げ菓子は必要なだけ支給された。キビ粉特有の甘みが肉にありつけなかった無念さを埋めてくれ、わたしたちはたっぷり食べた。少なく見積もってもざるに三杯は食べた。わたしたちの食べっぷりに、前順溝から来た黄三圏は目を丸くして発財の父親に言った。北京人は何でこんなに食うんだ？

発財の父親は言った。普段まともなものを食ってないからな。

黄三圏は言った。まるで狼の群れだ！

老二は大して食べていないのに酒をたくさん飲み、酒の勢いを借りて腕を揺らしながら黄三圏の前に歩み出ると、言った。黄三泰、この匹夫め、俺様のこの食いっぷりを見たことがないのか？

黄三圏は目をぱちくりさせ、「黄三泰」や「匹夫」という言葉の意味を思案していた。老三が後に続いて言った。誰が狼だって？　教えてやる、俺様が狼さ！　俺様がどれほど食っても豚の片身を食ったりはしない、おまえは食いすぎて喉を詰まらせないように気をつけるんだな！

＊「革命とは……」毛沢東の論文「湖南省農民運動の視察報告」（一九二七年）の一節。

老三の言葉はいくらか毒を含んでいた。のどを詰まらせるとは、つまり食道癌のこと、呪いの言葉だ。黄三圏にはもちろんその意味がわかった。身体を起こして尊大にかまえてみせた。紅宇宙が言った。偉大な領袖毛主席は私たちを指導して仰った、国家の統一、人民の団結、国内諸民族の団結、これらは我々の事業が必ず勝利するための基本的な保証なのだ*と！

老三は言った。毛主席はさらに仰った、革命とは客を招いてご馳走することではないと！

黄三圏は言った。これは婚礼だ、革命じゃない。

五狽は言った。この反動分子め！

黄三圏の印象は最悪で、わたしたちはすぐさま宴席を辞すことを決めた。どうせもう何も美味しい物は出てこないのだ。わたしたちが撤退しようとした時、黒子に問題が起こった。彼女は前順溝から来た黄狗と恋をしたうえに、愛の実質的段階に入っていたのだ。黄狗は黒子の上にまたがり、この小さな雌犬にのしかかってヒイヒイ言わせていた。これが耐えられるなら、ほかに何の耐えられないことがあろう。知識青年たちの象徴意識は極めて強く、その瞬間、黄狗は黄三圏を指すものとなった。黄三圏はすなわち黄三泰で、私利私欲を貪る悪の勢力を指していた。白昼堂々、わたしたちの黒子が黄三泰に犯されている！　なんてことだ！

老二、老三、老五は、有無を言わさずただちに突進して、黄狗を蹴り飛ばした。犬は長く悲痛な叫び声を上げたが、どうしても黒子から離れようとしなかった。これは知識青年たちの経験不足によるもので、後に知ったことだが、交尾中の犬はすぐには引き離すことができないのだ。雄犬の生殖器には鈎(かぎ)が、雌犬の膣には輪がついていて、鍵のようにぴったりと引っかかっ

＊「国家の統一……」毛沢東の講話「人民内部の矛盾を正しく処理する問題について」(一九五七年)の一節。

てしまうのだ。

婚礼に参加した人たちは、そもそも誰もこの一幕に注意を払っていなかったが、老二や老三たちが騒いだので、黒と黄の二匹の犬は場の中心になってしまった。食事を終えた人たちはちょうどお愉しみを欲していたところで、新婚夫婦の部屋を騒がすにはまだ早く、犬の交尾見物はうってつけだった。

二匹の犬が合体し、そこに人間が加わって、前庭は混乱してわけがわからなくなった。発財の父が真っ赤な顔をした五狽を引っ張り、下らないことで騒ぎたてるな、犬の下のことに首を突っ込みやがって、と言った。五狽は歯に衣着せずに言い返した。俺たちの黒子はまだ六カ月だ、まだ処女なんだ、黄三泰なんかに凌辱されてたまるか！

客たちは大笑いしていた。黄三圏は特に楽しそうに笑っていて、まるで本当にいい思いをしているようだった。いたたまれない状況の中、率先して騒いでいるのは老二で、わたしは後ろから彼の首筋を叩いて大声で叱った。帰るわよ！

兄弟たちはみなその場から逃げ出したかったのだろう。誰も何も言わず、陣を引き上げわたしに続いて退却した。後ろを振り向く勇気はなく、ばつの悪さを背中でごまかしていた。誰も黒子を呼びに行かず、公衆の面前で醜態をさらすに任せていた。わたしたちの背後からみんながどっと笑う声が何度か聞こえ、中でも黄三圏の声が最も大きく響いた。五狽が言うには、その声はとても嫌らしく、挑発する気満々だったという。

その夜、黒子は戻ってこなかった。

四

黒子は翌日夕方になってようやく戻ってきた。何も悪びれた様子はなく、見境なく人に飛びついて、相変わらず誰にでも人懐こかった。みんな黒子を遠巻きにして、誰もこの汚された「少女」に触れようとしなかった。

黒子はその場をぐるぐると何度か回り、面白くないと思ったのか、お尻を向けて、また姿を消してしまった。

老二は言った。まだ年端も行かないのにあんなことをしでかすなんて、なんてあばずれ犬だ。

老三は言った。恥さらしの畜生には三日間飯抜きだ！

黒子には本当に三日間餌をやらなかったが、黒子はどうということもなさそうで、むしろわたしたちよりも気分が良く、くつろいでいるように見えた。わたしたちの方こそひどく気がふさいでいた。婚礼で物笑いの種になった一件は人民公社中に知れ渡り、後順溝の知識青年が雄犬と雌犬がくっつくのに反対したことや、後順溝の知識青年の「処女犬」が黄三泰に犯されたことをみんなに知られ、大いに面子を失ってしまった。前順溝の知識青年たちが慰めに来てくれ、あの黄狗は黄三泰の家で飼っていて、猛々しくて気性が荒く、狙った雌はすべて手に入れ、雌犬たちに拒絶できるものはないのだと教えてくれた。あの犬は標準的なハウンド種で、あまり吠えず、寡黙で、よく走り、その速さはリカオンにも劣らない。中国のハウンドで一番古いのは山東省梁山の犬だ。高貴な血統で、漢代以降は宮廷で飼われていた。清代のカスティリオーネ*の絵に描かれた宮廷の犬は、ほとんどがこの種類の犬だ。黄三圏の退役軍人スタイルも偽物ではなく、彼は本当にチベット高原から戻ってきた自動車担当の特殊兵で、勲三等を受けたことがあり、今は前順溝の共産党支部書記になり、人民公社の革命委員会のメンバーでもあるそうだ。

わたしたちはそれを聞いてあっけにとられた。ぼろ犬にそれほど多くの手柄があるなんて思いもよらなかったし、高原から下りてきた自動車兵にそんな才覚があるなんて思いもしなかった。

老三は言った。チベット軍分区には車を運転できる奴がいないんだろうよ、あんな奴でも功を立てられるなら、俺たちは奴らの司令官になれるさ！

老大は言った。あの犬はなんとまあ名犬だったのね、皇帝陛下の御用犬ってわけ。

老二は言った。あれは犬じゃないよ、あの身体つきはまるきり御馬だ、追風趕月千里駒（ついふうかんげつせんりのこま）だ。

五狽は言った。何が御用犬だ、封建主義の残り滓じゃないか。どうしておまえらは他人の味方をして自分を貶めるんだ。犬は犬だ、この恨みを晴らさなければ、俺が五狽と呼ばれる意味がないぞ！

老大が彼に、どうやって「恨みを晴らす」のか尋ねた。五狽はズボンの胴回りからロバの手綱を引き抜いて言った、御馬を盗むんだ！

みんなが犬と喧嘩をしていた時、五狽はすでにあの犬に殺意を持っていて、飼育員のところから手綱を失敬していたのだった。復讐の始まりだ。五狽の考えは最も的確だ、とみんなは思った。あの犬が高貴な血筋で、美しく高慢であればあるほど、ますます生かしておくべきで

＊カスティリオーネ　ジュゼッペ・カスティリオーネ（一六八八〜一七六六年）。イエズス会宣教師。イタリアに生まれ、清朝の宮廷画家として皇帝に仕えた。

はない、殺さなければ庶民の怒りがおさまらない、と。鬨の声がたちまち湧き起こり、わたしたちは『盗御馬』の世界のただなかにいた。わたしたちが盗もうとしているのは犬であって馬ではなかったが、御馬と御用犬はわたしたちの頭の中で完全に同じものになっていた。

毎日がゆっくりと、平淡で陰鬱に過ぎていく中、少しでも波風を立てる必要があった。みんなはこの思いつきに感情が高ぶり、興奮した。前順溝の知識青年が勇気を奮ってスパイ、つまり楊子栄の役柄を務めた。それは欠かせない段取りだった。考えが決まると、男子たちは前順溝の方角に向かって革命模範劇『智取威虎山』の一節を斉唱した。「座山彫*よ、おまえの天下もあと何日もつかな？」

退屈な毎日が一日一日と過ぎていった。退屈さの中で、わたしたちは機会を窺っていた。わたしたちの食糧が尽きたと知り、発財は男気を発揮して、雑穀の粉を一〇キロと豚の肺の煮込みを届けてくれた。あの婚礼の埋め合わせのつもりだろう。雑穀の粉は緑豆粉や蕎麦粉、小麦粉を混ぜたもので、陝北人はこれを使って「抿尖（ミンジエン）」*と呼ばれる料理を作る。麺料理の変種だ。わたしたちはもちろんとても感激した。男子たちは発財を片隅に引っ張っていって、新婚生活はどうだと聞いた。発財は、あの良さは言葉では言い表せないな、と言った。どこが言い表せないんだ、と一人が尋ねると、発財は、嫁さんをもらえばわかるよ、と答えた。

あの日の犬との戦いの話になると、発財は言った。黄狗だけのせいにはできないよ、おまえらの黒子だって十分発情していたんだ。相手を挑発しなけりゃ、相手だってやるわけがない。雌犬が尻尾を振らなけりゃ、雄犬だって乗っかりはしない、しごく簡単な道理さ。

*座山彫
『智取威虎山』で、威虎山に居座る国民党残党の首領の名。

*抿尖
雑穀粉をこねた生地を型に通し細く短めに絞り出して茹で、ジャガイモや豆腐を入れたスープで食べる陝北地方の料理。

みんなはそれに否定的な態度をとり、あれは強姦だと言い張った。発財は言った。強姦なら強姦でいいさ、所詮は下の話だ！

発財はわたしたちに、彼の父親の手綱を持っていないかと尋ねた。五狽は答えた。親父さんをつないでおかなきゃならないのか？

発財が飛びかかって殴ろうとすると、五狽は足を引きずって逃げながら叫んだ。言葉で戦え、武装闘争反対！

発財は数歩追いかけるふりをして引き返し、懐からしわくちゃの紙を取り出して老二に記入するように言った。老二は積極分子だから、県の会議に出てほしいのだという。会議の間は肉の煮込み料理にありつけるかと老二が聞くと、発財はたぶんないだろうと言った。去年、彼は民兵の武術大会で県城に行ったが、肉体労働なのに羊肉泡饃（ヤンロウパオモ）*の一杯すら出なかったという。老二は言った。肉にありつけないのに何が積極分子だ、やりたい奴がやれよ！

わたしは代わりにその紙を受け取り、平らに伸ばして炕の上に置いて言った。老二が積極分子にならないなら、誰もなれないわよ。老二の「愚公山を移す」*の精神にはいつも感動するわ。毛主席の偉大な思想を、わたしたちの誰よりも深く理解している。わたしたち後順溝の知識青年の誇りよ。

発財は老二の代わりにわたしに記入させた。

老二が積極分子になったのには理由がある。彼は暇な時間を使ってずっと「人民のために井戸を掘」っていた。井戸を掘ることは彼が陝北に来たそもそもの目的だった。彼はそうする必

＊羊肉泡饃　堅焼きパンを細かくちぎって器に入れ、羊肉のスープをかけた陝西の名物料理。

＊愚公山を移す　中国戦国時代の典籍『列子』にみえる説話。「辛抱強く努力を続ければどんなに困難なことでも成し遂げられる」の意を表す。毛沢東が一九四五年に演説で引用した。

要があるし、それが自分の一生の使命だと考えていた。他人はみなそれを奇想天外な考えだと思い、誰も手伝おうとしなかった。地元の人は、後順溝の土は黄土高原で最も分厚くて、百丈〔約三三〇メートル〕掘っても水は出ないと言っていた。陝北の一部では水瓶(みずがめ)を据えつけて雨水を貯めておく。黄竜や宜君、延川の人々はみなそうしていたが、問題は後順溝では増水期に大水が出る以外、普段はほとんど水がなく、地面はからからに乾いてしまうので、水瓶を建設しても無駄だし、井戸を掘るのはもっと無駄ということだった。だが老二は考えを変えず、毎日止むことなく井戸を掘り、掘りながら唄ってさえいた。

　行く手に艱難ありと知ればなお、それでも前に進むのさ
　風雲かたちを変えたとて、天にも打ち勝つ革命の意志*

　村人たちは老二が井戸の魔物にとりつかれたと思っていたが、知識青年たちは、井戸掘りは老二の理想で、他人がとやかく言うことではないと考えていた。ちょうど他の人が自動車を運転しようとしたり、造反しようとしたり、「老三篇」*を暗唱したり、男の子をたくさん産もうとするように、ごく自然なことだ、と。紅宇宙が村に視察に来て、麦子が作った攪団*をどんぶりに二杯も食べ、げっぷをしながら炕のちゃぶ台の前でぼんやりしていると、発財の父親が退屈しのぎの笑い話にと、老二の井戸掘りの話をして聞かせた。紅宇宙は話を聞いて言った。これは毛主席の「愚公山を移す」を学ぶ後順溝の知識青年の鑑だ、山を動かそうとした愚

＊行く手に艱難ありと……　『智取威虎山』で楊子栄が歌う一節。

＊老三篇　毛沢東の三つの講演録「人民に奉仕する」「愚公山を移す」「ベチューンを記念する」を指す。

＊攪団　水で溶いた蕎麦粉やトウモロコシ粉を鍋の中のスープに入れ、攪拌しながら茹でる料理。

公の行動は神を感動させ、神は二人の仙人を人間界に遣わし、二つの山を背負って立ち去らせたのだ……我々は決して諦めず、たゆまずに取り組み続けなければならない、そうすれば我々も神を感動させることができるだろう。この神とはほかでもない、全中国の人民大衆のことだ。全国の人民大衆が一斉に立ち上がって我々とともにこの二つの山を掘るなら、できないことなどあろうか？

発財の父親は言った。愚公は山を掘ったが、老二は井戸を掘ってるんです。片方は平らにならして、もう片方は下へと掘ってるんで、同じじゃありませんや。

紅宇宙は言った。性質は同じものだ。明日、君たち支部は報告書を書いて提出したまえ。

発財の父は自分の口をひっぱたきたい気分だった。その口はこともあろうに「井戸掘り」などと口にして、厄介ごとを招いてしまったのだ。真っ正直な農民が、名前すらまともに書けないのに報告書をまとめるなんて、天狗(てんこう)が月を飲み込むよりも難しい＊。発財は気をきかせて、父親の代わりにその仕事を引き受けた。実は、老二が先進的だという報告はわたしが書いたのだ。三日と二晩かけて三万字を書きあげた。今で言うならちょっとした中篇小説だ。報告の中で、わたしは老二を愚公よりも愚公だと書いた。老二に読んで聞かせたら、老二はいったい誰のことを書いたんだと言った。

それはたぶん、わたしの小説創作の最も早い練習だったのだ。

老二は寶爾敦にはなっても愚公にはならなかった。どうしてもその紙に記入しようとせず、わたしは老二を「恩知らず」だと批判したが、老二は誰からの抜擢もいらない、今考えている

＊天狗が月を飲み込む　古代中国の伝説では、犬の姿をした天狗が太陽や月を飲み込むために日食や月食が起こるとされていた。

のはどうやって「御馬」を盗み出すかだ、これは井戸掘りよりも大事なことなんだと言った。わたしは、積極分子になるのは将来仕事をもらう時に有利になる、他の人は欲しくても手に入れられないんだから、と言った。

老二は言った。共産党員の口から出た言葉とは思えないな、おまえは党員と言ったって、黄三圏と同じなんじゃないか。

五狽は言った。老四の言う通りだ、ともかく一人はここから抜け出せる。

仕事の分配はわたしたちが夢にまで見る願いで、下郷して二年というもの、県は研修生を一度募集したきりだった。国防工場の労働者だ。工場は秦嶺山脈の奥深く、曬蛇壩（さいじゃば）にあり、地名を聞いただけでウサギすら巣を作らない場所だとわかる。だがあの時代は「戦争に備え、飢饉に備え、人民のために」「深く穴を掘り、広く食糧を蓄える」*ことが求められていて、まるで世界中がわたしたちと戦争をしたがっているかのように、わたしたちは常に警戒態勢にあった。国防工場は県全体で二名しか募集しなかったが、応募したのは二百人で、まさに百分の一の襟抜きの人材だった。最終的に選ばれた二人のうち、一人は毛沢東選集の学習模範兵、もう一人は中堅の民兵隊長で、二人とも「御馬を盗んだ」経歴はなかった。

発財が雑穀粉を置いて立ち去るや否や、老三はすぐさまその粉で食事を作ろうとした。しかも「髯麺（ランミエン）」を食べたいという。「髯麺」は陝西方言で、スープのないうどんのことだ。老三は五狽にまた村からニンニクの芽を失敬してくるように言った。ここ数日は芽の下のニンニクがちょうどいい具合に育っているから、柔らかいニンニクを麺につけて腹いっぱい食べたら、

＊深く穴を掘り……中国政府が「食糧問題に関する報告」（一九七二年）で発表した毛沢東の指示。

黄三泰と戦いに行くぞ、と。老大は老三がニンニクつけ麺を食べたがっていると聞くや否や、すぐさま粉の袋の上に覆いかぶさり、全身で粉を守った。それっぽっちの粉を老三が食べ尽くしてしまうのを恐れたのだ。老大は細やかな人で、生活面ではわたしたちよりも理性的で冷静だった。

老二は食べる派で、老三に助太刀して粉の袋を外へと引っ張った。老三は言った。年を越してから、俺たちまだ腹いっぱい食ってないんだぞ！

老大は言った。わたしたちはお腹が空いてるんじゃないわ、栄養が足りないだけなのよ。五狽は壁ぎわにしゃがみ、言い争う老二や老三を眺め、いくぶん悲愴な調子で言った。麺一食のために、一体これはどういうことだよ……あの畜生の劉発財が、豚の肺の煮物なんかでごまかしやがって、どうして大豆油の五〇キロも持って来ないんだ！

わたしは言った。油が五〇キロもあったら、最初にあなたを丸揚げにしてやるから。

五狽は言った。俺は揚げパンが食いたいな。

長いこと誰も口を開かず、老三たちも奪い合いをやめた。みな北京の朝食に出る揚げパンを懐かしんだ。揚げパンは甘いのや塩味のがあり、一つ八分だ。五〇グラム分の配給切符で、豆（トウ）腐脳（フナオ）*を一口食べ、揚げパンを一口かじる……なんてすばらしい日々だったのだろう！

夜、みんなが食べたのはソバ菜入りのタンメンで、ソバ菜はわたしたちの窰洞の上に生えていたものだった。西安の南郊外にある武家坡（ぶかは）には王宝釧（ワン・バオチュアン）*のみすぼらしい窰洞があった。王宝釧は夫の薛平貴（シュエ・ピングイ）を十八年間待ち続けたが、経済的支えがなかったので、ビタミンのバラン

*豆腐脳
豆乳を豆腐より柔らかく固めたもの。豆花、豆腐花とも呼ばれる。

*王宝釧
京劇『紅鬃（こうそう）烈馬』の人物。唐の丞相王允の娘王宝釧は父と縁を切って貧しい薛平貴と結婚し、出征した夫の帰りを十八年間待ち続ける。

スを保つために野草を採って食べるしかなかった。今でもその窰洞の傍には野草が生えないと聞くが、すべて王姉さんに食べられ、全滅してしまったのだろう。わたしたちは王宝釧といい勝負で、わたしたち五人が三年間で食べた野草の量は王宝釧が十八年間で食べたより少なかったはずはなく、だからわたしたちの周囲の野草は痩せた貴重なものになってしまい、食べたければ懸命に探さねばならなかった。わたしたちはみな確信していた。ここを離れないのならもちろんのこと、立ち去ったとしても、ここも武家坡のように二度と野草は生えないだろうと。

その夜、老大は発財が届けてくれたあの豚の肺の煮物がなくなったことをいつまでも気にかけていた。彼女は炕に横たわり、真夜中になっても寝つかれず、不安げに言った。内部でこういうことが起こるのは良い兆しではないわ。すぐにでも会議を開いて風紀を正さなければ。ウサギだって巣の周りの草は食べないのだから、私達も自分で自分を食べてしまってはいけないわ。

わたしは言った。煮物がなくなって、老二と五猖もいなくなった。眠る前に豚小屋の辺りを見回ったけど、黒子も小屋にいなかった……

もうじき夜が明けるという頃、庭で物音がして、黒子が何度か吠えた。わたしは起きて見に行くのが面倒で、寝返りを打ってまた寝てしまった。老大はわたしよりもぐっすり眠っていて、朝方に老三が興奮しきった様子で叫んでも目を覚まさなかった。

外から生臭い匂いが漂ってきた。

戸を開けて出てみると、男子三人が犬をさばいていた。皮を剥がれた犬が木の枝に高々と吊るされ、長く伸びきった身体はひどく醜かった。内臓は取り出されて傍らに捨てられていて、赤や緑や紫といった色が混ざり合っていた。皮は石臼の上に広げられ、毛は血だらけだったが、あの「追風趕月」の御用犬だと一目でわかった。老二は草の葉で手についた血をぬぐい、得意げに老三に「盗御馬」の顛末を語った。それによると、まずは黒子の「匂い」を嗅がせた。黒子の匂いがなければ黄三泰をおびき出せないからだ。黒子の股をひとひねり、尻尾をピンと立たせれば、どんな犬でも心を動かすだろう。次に発財の豚の肺の煮物の匂いを嗅がせた。このなまぐさがなければ、黄三泰は近づいてこない。「食、色、性なり」*だ。これは人生で最も乗り越えがたい試練で、犬とて同じだろう。最も役に立ったのは五狽の柔軟な判断で、あの手綱がこの時、大活躍をした。五狽が機敏でなければ、黄三泰の首に縄をかけることはできなかっただろう……五狽は謙遜して言った。俺ごときがなんだって言うんだ、泰山がのしかかるような力で老二が黄三泰の身体にまたがらなかったら、首は絞められなかったよ。

死んだ犬の下で二人が厚顔無恥にも互いにおだて合っているのを見て、わたしは竇爾敦の『盗御馬』と『時遷偷鶏』*がごちゃ混ぜになって同時に上演され、さらに『関公戦秦瓊(しんけい)』*の面白みが加わったような気がした。

老三はその中に加われなかったことが多いに不満のようだった。「革命軍人」の子孫が、大事な戦闘でどうして尻ごみなどできよう？　老二は、残念がることはないと老三に言った。竇爾敦が御馬を盗んだ時は一人でやったんだ、ちっぽけな犬一匹、大勢の人間を動員するには及ばないさ。老三は自己アピールのため、後始末をすべて引き受け、わたしたちが野良仕事に出る前に、犬の脂肪と肉を分け、皮を豚小屋の傍に埋め、砂を取ってきて木の下の血を覆い隠

*食、色、性なり　『孟子・告子上』にみえる言葉。「食欲と色欲は人間の生まれ持った『性』である」の意。

*時遷偷鶏　『水滸伝』をベースとした京劇の演目。

*関公戦秦瓊　三国志の英雄・関羽と唐代の将軍・秦瓊を取り上げた漫才の演目。

し、内臓を裏の谷に持って行って狼に食わせた。黒子がさらに追いかけようとしていたが、老三が赤々と美しい心臓を放ってやると、黒子は迷うことなく口を開けて噛みつき、きれいに食べてしまった。それが自分の恋人の心臓だということは、少しも気にならないようだった。

畜生は所詮、畜生だ。

飢えて食を思うのは自然な人の性だ。今この瞬間、わたしは仲間たちを責めることはできない。千里の道を越えてやって来たことだけでも生易しいことではないのだ。わたしは彼らの一員で、団結して協力しなければならず、みんなが同じであるようにと無理な要求をすることはできなかった。

わたしは老二に言った。それはただの鶏一羽やニンニク二束とはわけが違うわ、ちょっとやりすぎよ。今回だけにしなくちゃ。

老二は韻を踏んだ京劇の台詞で答えた。大行は細謹を顧みず、大礼は小譲を辞せず*、吾輩自ら主張あり。

老二の重厚で美しい敵役の台詞まわしを聞きながら、わたしは思った。この人に井戸を掘らせておくのはもったいない。彼はお父さんについて竇爾敦の演技を学ぶべきだった。そうしてこそ本当の家伝というものだ。

その日、隊長が指示した仕事は山の上のトウモロコシ畑を耕すことだった。そこまでの道のりはとても遠く、昼は戻れないので、食事作りは老二と五狽に任せた。実際には二人を気づかったのだ。

＊大行は細謹を顧みず……『史記・項羽本紀』にみえる言葉。「大事業を成し遂げようとする者は些細なことにこだわらない」の意。

五

事が露見したのは老二と五狽に慎みと自重が足りなかったため、若さゆえの奔放さのためだった。

山の上で、後順溝の男女七、八人は長いことかかって畑を耕し、正午になると崖の傍の涼しいところに腰を下ろした。中には漬物一碗に雑穀の堅焼きパン二切れなどの食事を持ってきている人もいたが、多くはわたしたちと同じようにただ水を飲んで一息入れるだけ、きちんとした食事は仕事が終わって帰ってから食べるのだった。

太陽が頭上から照りつけ、わたしたちは日にさらされて全身に塩の粒がこびりつき、喉は渇くわ腹は減るわで、いささかやるせない気持ちだった。麦子もわたしたちの中にいたが、彼女は「害喜（つわり）」だった。「害喜」というのは地元の方言で、五狽の医学用語によると「妊娠悪阻（おそ）」というものだ。麦子は絶えず地面に唾を吐き、顔色が悪かった。発財がこっそりヤマカイドウの実を摘んであげているのを見かけたが、彼女は断り、顔をそむけて発財の方を見なかった。発財は気まずそうにその小さい実を自分の口に詰め込み、酸っぱさに目を白黒させていた。周囲の人たちは麦子と発財をからかい始め、一二人が炕の上でどんな風に種付けをするのかと聞き、農民甲は今回植えた種は隊長のか、それとも支部書記のかと尋ねた。麦子は頭を膝の上に乗せて一言も発さず、発財は土を一つかみ農民甲に投げつけ、彼の漬物を台無しにした。

ひどく暑い日で、あまりの怠さにみんながうとうとし始めた頃、老二と五狽が春歌を唄いながら山を登ってきた。二人そろって調子を合わせ、姿も見えないうちから声だけが風に乗ってきた。

黄河を越えちゃ水の一口も飲めないよ
友達づきあいじゃ口の一つも吸えないよ
仲間とつるんでちゃ抱き合って眠れない、抱き合って眠れない
おまえさんそれでいいのかい、それでいいのかい*

調子外れとよく言うが、これこそ本当の調子外れというものだ。メロディもなく、ただ声を張り上げて叫んでいるだけ、好きなように調子を変え、好きなように伸ばして、聞く方は耳を塞ぎたくなる。老三は体を起こして下の方を眺めて言った。あいつらは家で昼寝もしないで、こんな遠くまで来てどうするつもりだ？　老大は地面に横たわり、鋤（すき）の柄を枕に、目も開けずに言った。まずいわね。

わたしも唐突すぎると感じた。興奮を抑えきれないといった二人のあの調子から、今日は何かが起こる予感がした。

歌声とともに跳ねて来たのは黒子だった。黒子はいつも興奮していて、わたしの同郷者によると、それは大人になりきっていない犬に特有の状態なのだそうだ。人間でいえば十六、七才にあたり、青春ならではの落ち着きのない時期の真っただ中にいるのだろう。黒子は一人一人

*黄河を越えちゃ……　陝北民謡「三十里明沙二十里水」の一節。歌詞はここでは改編されている。

に挨拶をし、最後に老三の懐に飛び込み、上を向いて老三の顔をなめたが、老三はすぐに黒子を押しやって言った。おまえ、それ何の臭いだ？

たぶん、黒子が食べた黄三泰の心臓を思い出したのだろう。

老二と五狽の登場で、休んでいた人たちは興奮した。二人は『地雷戦』*の日本兵、渡辺が地雷を盗む様子を真似してみせ、片方が頭に柄物のタオルをかぶり、一人は腕にかご、もう一人は素焼きの甕を下げ、くねくねとしなを作り、まるきり二人の「娘さんの野良仕事」だった。人々はこの二人のひょうきん者に、腰も立たないほど笑い転げた。

「娘さん」はみんなを驚かせたが、「娘さん」が持ってきた昼食はさらに驚くべきものだった。かごにはたっぷりの揚げパン、甕には油がたっぷり浮いた犬肉スープ、その香りに畑にいた人たちはかごと甕を隙間もないほど取り囲んだ。知識青年のものはみんなのもの、誰のことも断る理由などない。七、八本の泥だらけの手がかごへ、黄土の大地では滅多にお目にかかれない料理へと伸びた。発財は揚げパンを割って中の生地を見て言った。昨日届けたばかりの雑穀の粉じゃないか、今日こんなに食っちまって、明日は死んじまうつもりか？

五狽はきっぱりと答えた。死んじまうのさ！

麦子は揚げパンを一つつまみ、ちょっと匂いを嗅いだが、たちまち眉をひそめると、口をきくのも間に合わず、片隅に駆けて行ってゲエゲエと吐いた。わたしは揚げパンを一口かじってみた。初めこそおかしな味だと感じたが、数口食べるとその香ばしさに飲み込まれ、何も感じなくなった。食べているうちにわたしの表情は厳かになり、そして悟った。わたしが今食べて

*『地雷戦』一九六二年に公開された映画。抗日戦期、民兵が地雷を使って日本軍と戦い、勝利を得る様子を描いた。

いるのは中国の悠久の素晴らしい食文化、犬油の揚げパンなのだ。

農民たちは揚げ菓子は食べたことがあったが、揚げパンを食べたことはなく、雑穀の粉はこんな風にも使えるのだと初めて知り、次々と五狽たちの経験に学んでいた。老二と五狽は臆面もなく、粉をどのように半発酵させるか、どうやってミョウバンを使うか、パンはどの程度の厚さに延ばすか、麦わらや柴でどうやって油の温度を調整するかをみんなに説明し、つばの飛沫が乱れ飛ぶほどしゃべりまくり、揚げパンの工程を人工衛星の打ち上げよりも複雑なものにしていた。最後に、最も言ってはいけないことを口にした。大事なことは、油をたっぷり使うことだ、パンが漂うくらいでないとカリッとしっかり揚げられない、油が少ないのは揚げるとは言わない、それは焼くって言うんだ。

農民甲は言った。パンが漂うくらいだって、どのくらい油が要るんだね！

老二は言った。だから、俺たちもそうしょっちゅうは食べないんだ。

スープは揚げパンよりさらに美味で、甕いっぱいのスープが一人二口でなくなってしまった。みな、このスープは脂肪分がたっぷりで、県城のレストラン「東方紅」にも劣らないと褒めたたえた。五狽は得意げに言った。「東方紅」が何だって言うんだ、俺たちのスープには山椒と八角をたくさん入れてある、生姜も新鮮で柔らかくて……

農民甲が言った。あんたの生姜は俺ん家の裏で掘ったやつだろう、村で生姜を作ってるのは俺だけだからな。

五狽は言った。俺たちの頭の上にあるのは社会主義だ、足元にあるのも社会主義だ、俺たち知識青年も社会主義だ、あんたの生姜だってもちろん社会主義だ。

農民乙は鋤をかついで帰ろうとしたが、発財は、西側にまだ耕していない場所があると言った。農民乙は、急いで帰らなきゃならん、家の犬がまだいるかどうか見てみなけりゃ、と言った。揚げパンが犬の油で揚げたものだと知って、みないくらか吐き気を催していた。麦子はこの時とばかりに盛んに吐いていた。実はそれも思い込みで、揚げパンは決してまずくはなかったのだ。

発財は五狽に、どこの家の犬を捕まえたのかと尋ねた。五狽は胸を張って、毛主席に誓って誰の犬も捕まえていない、村の犬はみなまるで何かみたいに彼と親しい、顔なじみに手を出せるわけがない、と答えた。

発財は五狽を突き飛ばして言った。このろくでなし、何か起きても俺に助けてもらえると思うなよ！

老二は言った。俺たちが捕まえたのは野良犬だ。通りを歩いていた野良犬が俺たちの窖洞の入り口に飛び込んできたんだ、誰もそいつを知らなかったし、放してやるわけがないだろう。

発財は言った。いっそのこと、おまえたちの鍋の中に飛び込んできたと言った方が早いんじゃないのか。

農民甲は口の周りについたスープをなめながらいった。貧農と下層中農の再教育を受けると言ったって、その貧農下層中農がこんないいものにありついてちゃ、形なしだな。

あの黄狗のおかげでわたしたちは何日も食べ物にありつき、客人を呼ぶことまでできた。前順溝の知識青年を招いて、「聚義庁に酒宴を張り」、みんな石臼を囲んで座り、何度も乾杯をし、思う存分肉を食べ、とても痛快だった。

その数日間、わたしたちの口は常に油でてかてかしていて、普段より機嫌も良く、村人に会えば親しく挨拶をし、隊長が割り振る仕事も選り好みをしたりせず、真剣かつ首尾よくやってのけた。

老三の撤収作業はとても周到で、わたしたちのところからは犬の毛一本、「黄三泰」に関わるすべてのものは絶対に見つかるはずがなかった。あの裏の谷に捨てた内臓は、色々な野生動物に跡形もなく持って行かれ、見渡す限りきれいさっぱり何もなかった。

ただひたすら口を堅く閉じ、みんなは共に秘密を守る楽しさを感じていた。

老二の井戸はもう大人の身長くらい深く掘られていて、底には湿った土が見えたそうだ。わたしたちはお祝いを述べ、彼の井戸が一日も早く水を噴き出し、庶民の苦境を解消してくれるよう祈った。五狽は『はだしの医者手帳』で必死に勉強し、自分の身体で鍼灸を練習して、まるでハリネズミのようになっていた。わたしの特技は詩を書くことで、窰洞の入り口の敷居に腰掛け、広大な世界を前に一首また一首と得意の長詩を書いた。紅旗は舞い上がり、歌声は高らかに響き、激しい運動の大波はうねり、軒昂たる意気込みは天地に満ち、気持ちが高ぶって両足が地につかない。老大はかぎ針編みでテーブルクロスやカーテンを作っていて、小さなモチーフを一つずつ作っては箱にしまっていた。老大は花嫁衣装をかぎ針で編んでいるんだ、と五狽は言ったが、老大は顔も上げずに言い返した。老四が一つ詩を作るうちに私はテーブルクロスを一枚作る。二カ月もして老四の詩が消えてしまったとしても、私のテーブルクロスは残っているわ。

風を通さない壁はない。わたしたちが犬を食べた噂は次第に広まり、黄三圏がわたしたちと決着をつけようとしていると、前順溝の知識青年が知らせてくれた。五狽は堂々と言った。何を決着つけるっていうんだ？ 証拠は？ 毛主席は仰った、「目を覆って雀をとらえ、盲が手探りで魚を捕り、いい加減に物事を行い、生半可な知識で満足するような、極めて悪いやり方、このようにマルクス・レーニン主義の基本的精神に完全に違反するやり方は、まだわが党の多くの同志の中に存在し続けている」*、黄三圏同志はその中の一人だ。

老三は自分の撤収作業に大きな自信を持っていて、こう言った。黄三圏はどんなに低レベルな奴だろうと部隊上がりだから、証拠を重んじるし調査研究を重んじる。証拠をつかめないのに犬をよこせなんて、言いがかりだってことはわかるはずだ。そんな言いがかりで俺たち知識青年を言い負かせるか？ 無理だよ。

老二のやり方は竇爾敦式だった。竇爾敦は馬を盗んだ後、壁に「馬を盗みし者は黄三泰なり」と罪を着せる文句を残した。『水滸伝』の「人を殺せし者は武松なり」の好漢、武松に比べると大らかさが足りないが、それがおそらく河間府人の限界なのだろう。竇爾敦から二百年後の劉二東はついに竇二東を越えることはなく、毛主席語録の一節を毛筆で書きつけて木の下の目立つ場所に吊り下げた。語録にはこうあった。「この軍隊は勇猛邁進の精神を具えている。彼らはあらゆる敵を圧倒し、決して敵に屈服するようなことはない。いかなる艱難辛苦の状態に

*目を覆って雀を……　毛沢東の論文「我々の学習を改造せよ」（一九四一年）の一節。

あっても、一人でも残っている限り戦い続けるのだ」*

共通の敵に対する賓爾敦一族の戦いの決意を示したのだ。

老二が県の積極分子大会に参加しに行った翌日、黄三圏がやってきた。兄弟を二人連れていて、さほど強気ではない口調で、彼の犬を見かけなかったかとわたしたちに尋ねた。わたしたちは、知らない、あの犬を見かけるなんておかしなことだと答えた。黄三圏はあの犬をどれほど大切にしていたかを語り、その優秀さや黒子との友情を語り、そうしているうちに彼の目は赤くなった……わたしたちはもちろんそれに動かされることはなく、冷ややかに聞いていた。黄三圏が犬への思いを語っていた時、彼の二人の兄弟が窰洞の内外で犬の手掛かりを探し回っているのをわたしたちは知っていた。黄三圏は頭のいい人で、五狽の言い分を認めた。彼は「目を覆って雀をとらえ」たり、濡れ衣を着せたりするわけにはいかず、証拠を探さなければならなかった。

わたしたちは誰あろう、他でもない毛主席の紅衛兵だ。皇帝のお膝元から黄土高原にやってきた。世の中を見てきたのだ。黄三圏のわずかな言葉の前にぼろを出すことなどできるものか。みんな冷静に対応し、いなくなった三圏の犬に同情を示したうえ、自分達も探してみると請け負いまでした。

発財が妻の兄を探しに来た。本当は事の次第を見に来たのだが、黄三圏とその兄弟たちがひどくがっかりしているのを見て、川向うに飲みに行きましょう、料理ももう用意してありますから、と彼らを誘った。老三は遠慮深く言った。飲みに行かれるのでしたら、僕たちは遠慮し

*この軍隊は……

毛沢東の政治報告「連合政府を論ず」（一九四五年）の一節。

ておきます。

黄三圏が立ち去ろうとした時、状況は大逆転した。

黒子、またしてもわたしたちの黒子が、この時どこから潜りこんだのか、豚小屋の傍を懸命に掘り起こしていた。それこそ本当に物の怪にとりつかれたというやつで、黒子のこの時の執着、我を忘れた様子は、ただの犬というくくりではもはやくくれなくなっていた。同種族のため、たとえ畜生であっても責任は当然自分が負うとばかりに正義感を発揮したのだ。黒子の二本の小さな前足は極めて迅速に土を掘り起こしていて、まるで小さな黒犬がマーモットになってしまったかのようだった。

老三は顔色を変え、突進して叫んだ、黒子、このくそったれ！

遅かった。黒子はすでに犬の皮をしっかりとくわえ、少しずつ引っ張り出していた。黄三圏は老三の前に躍り出て皮をつかみ上げ、逆さまにしたりひっくり返したりしてじっくりと眺めた。顔色は青ざめ、泣きたいのに涙が出ないとはまさにこれだった。事態は急転直下して、わたしたちはいささか慌てふためき、殴り合いになる覚悟をした。チベットで軍隊に入っていた農民と喧嘩をしたら、おそらくわたしたちにとって良い結果にはならないだろう。「革命軍人」の老三ときたら口先だけで、早くも及び腰になって老大の陰に隠れ、もはや威張り散らすことはなかった。戦いには強い「竇爾敦」の老二は今まさに「両袖清風、天に朝して去る」*で、先進的会議に出席して拍手をしている真っ最中だった。老大はかぎ針を手に、編みあげた花のモチーフをひと山、懐に抱え、黄三圏を見つめてぽかんとするばかりだった。

＊両袖清風、天に朝して去る　袖の下を取らず、清廉潔白なこと。明代の詩人、于謙（一三九八～一四五七年）の詩「七絶　入京」の一句。

五狽の「大事に臨むたびに冷静」な気質がこの時発揮された。彼は犬の皮を受け取ると、まるでようやく夢から覚めたかのように言った。まさか、これが三兄さんのものだというのですか？　この犬は僕たちのところをうろついていたんですよ、てっきり飼い主がいないものだと思って、何日も前に食べてしまいました。

黄三圏は言った。ふざけるな！

五狽は言った。三兄さん、もしも食べていないと言ったらそれこそふざけているというものです。僕たちはあるまじきことをしてしまいました、誰の犬かも聞かずに絞めてしまうなんて。僕たちが間違っていました、三兄さん、謝罪します、毛主席に謝罪します。

わたしたちはただちに五狽の作戦を察し、みな調子を合わせて言った。三兄さん、わたしたちの間違いです、してはならないことでした。

五狽は言った。三兄さんの犬だと知っていたら、誰が指一本触れるものですか。

わたしたちは言った。とてもそんなこと。

黄三圏は言った。俺はこの人生、猟犬を可愛がるほかに何の道楽もない……おまえらは俺の最愛の犬を殺したんだ！　俺は……

五狽は言った。これは確かに僕たちの間違いです、三兄さん、どうか僕たちを咎めないでください。僕たちと言い争うのはあなたの価値を下げることですよ。人は死んだら生き返りません、犬も死ねば生き返りません。僕たちはすでに起こってしまった事件が残念ですし、謝罪します。

黄三圏は言った。謝れば済むって言うのか？

五狽は言った。よかったら僕たちの黒子を連れて行って下さい、黒子もいい犬です。

黄三圏は、黒子は最も値打ちがない田舎の雑種犬だ、こんな犬はその辺にいくらでもいる、と言った。新しい猟犬を買って弁償します、とわたしは言ったが、黄三圏はこう言った。十四買ったってあの一匹にはかなわない。あの犬は自分にとっては家族みたいなものだった、家族が死んだからって新しいのを買って補充できるか？　わたしは言った。無理なことなんてありませんよ、奥さんが死んだら新しい人をもらうし、夫が死んだらほかの人に嫁ぎます、それでも家族ですよ、ましてや犬です。

黄三圏はわたしを指差して言った。あんたは党員で、班長だ、あんたはそうやってお手本になっているのか？　それならほかの奴じゃなくて、あんたに責任を取ってもらおう！

わたしはとっさに言葉に詰まり、焦りの中で突然、紅宇宙のことを思い出した。彼のやりかたは時にとても役立つ。わたしは言った。こんなことが起きてわたしたちも残念でなりません。わたしは「自分が一人の共産党員だということを忘れ、共産党員を普通の一般庶民と混同して」*いました、これは絶対に間違いです。

黄三圏は犬の皮をわたしの足元に放り投げた。ずる賢い真似はやめろ、現実的にいこうじゃないか。五狽は助け舟を出して言った。三兄さん、あの犬がどれだけの値打ちがあったか、値段を言ってください、弁償します。多く払いこそすれ、値切ることなんてありませんから。

黄三圏は考えもせずに言った。百元だ！

＊自分が一人の……　毛沢東の演説「自由主義に反対する」（一九三七年）の一節。

みんなはそれを聞いて肝を冷やした。黄三圏が出した要求は途方もなく大きいものだった。「梅花」ブランドの腕時計が百五元、マンガン鋼で重くした「飛鴿（フェイゴー）」ブランドの自転車が百十元だ。知識青年のポケットのお金を全部集めたって十五元にも満たないだろう！

五狙は黄三圏の肩を叩いて言った。三兄さん、それは少ないですよ、あんなにいい犬を、もったいない！　もう少し上乗せしますよ、百三十でどうですか？

黄三圏は言った。俺は百三十なんていらない、百と言ったら百だ。

五狙は言った。百三十！

黄三圏は言った。百！

この時、黄三圏と五狙はたいそう「君子」になっていて、わたしたちが眠くなるほど値段交渉を重ねた。これは一体どんな取引なのだろう。最後に発財が間に入り、知識青年は黄三圏に八十二元六角四分を弁償することになった。八十元は犬の代金で、二元六角四分は謝罪のための酒宴の料金、つまり酒代や食事代だ。支払いをする時、知識青年は発財と前順溝の顔役に酒をふるまい、公衆の面前で自己批判書を提出することになった。

双方に異議はなく、契約は成立した。

黄三圏が立ち去ると、老三は犬の皮を抱えて追いかけ、記念にと彼に持たせようとした。黄三圏はいらないと言った。見ると悲しくなるから、と。わたしたちの気分も決して穏やかではなかった。あっという間に八十元の債務が頭の上にのしかかり、気が重いだけでなく、メンツも立たなかった。強姦されたうえに賠償金まで振りかかるなんて、みんな五狙は馬鹿だと言った。五狽は言った。殴り合って顔に青あざを作る方が馬鹿だ。

老大は言った。今日からは節約しないといけないわ。二カ月分の食糧を売って、よそでも収入を得ないと。

わたしは言った。シラミも増えれば痒くない、借金も増えれば気に病まない、お天道様は今日沈んでも、明日にはまた昇ってくるわよ。

五狽は言った。その場しのぎの取り決めさ、おまえら本気にしてるのか！

老三は突然何かを思い出したように、一言「黒子！」と叫んだ。その声は上ずっていた。

黒子の姿は影も形もない。

それ以来、わたしたちはあの犬に会うことはなかった。

六

麦子はわたしに、今回は何の出張で陝北に来たのかと尋ねた。わたしは五二三講話*の精神を記念して、延安で文学者の会議があるのだ、と説明した。麦子は、「文学」も会議をやるの？と聞いた。

わたしは言った。やるのよ、今は「三つの接近」*が叫ばれているの。麦子は言った。やっぱりあたしら農民に接近するのかね？

もちろん、とわたしは言った。

*五二三講話
毛沢東の「延安文芸座談会での講話」（一九四二年）を指す。

*三つの接近
現実、生活、大衆に近づくことを指す。中国共産党第十六期全国代表大会（二〇〇二年十一月）で胡錦濤国家主席が打ち出した政策方針。

麦子は言った。それなら老大じゃないの、あの人は農民に隙間もないくらいくっついてるよ。

老大は最近どう？とわたしは尋ねた。麦子は言った。老大はこれ以上ないくらい元気だよ。それから自分の三人の息子の愚痴を言い始めた。朝から晩までぼんやりしていて、見込みのある子が一人もいない、一番学のある子でも高校すら出てなくて、独り立ちもしたがらない。前順溝の大英ドライフルーツ会社でアルバイトをして、何百元か稼げばもう満足しちまうんだ。わたしが、今回は老大のところに行く時間はなさそうだと言うと、麦子は答えた。会いに行くことはないよ、あの人は誰よりも快適に暮らしてる、「大英」はあの人が作った会社なんだ。老大には息子と娘が一人ずついて、娘は陝西省楊凌農業科学都市で専門家として働いていて、息子はドライフルーツ貿易をしている。二人とも北京の大学で学んだという。知識青年が都市部に帰る時に老大は帰らず、子どもたちだけを帰らせた。旦那連れで北京で暮らすのは厄介だから、と。彼女の夫は「アムールヒョウ」だ、ヒョウは山野でこそ元気でいられる、北京では動物園に入るしかないけれど。彼女は夫を動物園に入れるのが忍びなく、この土地に残ったのだ。彼女は附近の村で中学校の教員となったが、馴染めずに二年で辞めて戻ってきた。十年前に数百ムーの荒れた傾斜地を手に入れ、果樹を植えて、今や年収は百万元に達する。あの人のところに行ったって、向こうはあんたに挨拶する暇もないよ。あの人の旦那はもっと忙しくて、ハウンド種の猟犬をたくさん飼って、「ハウンドウサギ狩り協会会長」になって一日中家を空け、迷彩服を着て、犬たちを連れて全国各地で競技に参加しているんだ。

麦子の言う「老大の旦那」とは、黄三圏のことだ。

黄三圏が知識青年の花婿になるなんて、誰も予想だにしていなかった。

とびきり熱くした炕の上で、老大は口ごもりながら、結婚したいのだと告白した。相手が黄三圏だと聞いて、わたしは窰洞が崩れ落ちるように感じ、よろよろと炕の上に起き上がると、吹きすさぶ北風にも構わず外に飛び出した。周囲は真っ暗闇で一筋の光すらなく、夜空を見上げれば人工衛星が弱々しい光を放ちながら、ゆっくりと規則正しい動きで東から西へと滑っていき、最後に丘の上のナツメ林の向こうに消えていった。男子たちのいびきはまるで歌のように高く低く流れ、谷の向こうの村はひっそりとして物音もなく、わたしは前庭で風を受けながら十数分立ち尽くし、身体が芯から冷え切って上下の歯がガタガタ鳴り出すまで、中に戻らなかった。それでもまだ、わたしは頭を冷やしきれていないように感じていた。

老大は頭まで布団をかぶり、わたしに背を向けていた。どうやらもうわたしには何も言いたくないらしい。彼女の身体の下に敷かれた犬の皮が、灯火の下で柔らかな光を放っていた。わたしは自分の観察力のなさを恨んだ。結婚まで話が進んでいたのに、わたしは何も知らなかったのだ。よりによってどうして黄三圏なんだろう？

実は、注意深く見ていれば兆しを見つけることはできたはずだった。黄三圏があの日立ち去ってから、老大は犬の皮を煮沸し、敷物に仕立てた。とても良い皮の敷物だったが、自分では使わず、箱の中にしまい込んでいた。

あの年の末に清算をした。労働点数一点につき三分で、雑費を差し引くと一人当たり六、七十元の借金があった……つまり、一年間働いて、わたしたちは何ら収入がなかっただけでなく、帰宅の旅費すらなかったのだ。わたしはもう北京に帰る家がなかったが、実家の暮らし向きが苦しい五狽と老大はたちまちしょげ返ってしまった。

家に帰れるかどうかはさておき、肝心なことは、まだ黄三圏の犬の代金を支払っていないことだった。わたしたちに支払う意志がなかったとはいえ、相手には説明をしなければならない。今や債務者と債権者の関係は逆転していた。借金がある方はこれ以上ないほど強気で、貸主は何度も訪れては贈り物をして金を支払うよう頼み込んでいたが、まだ回答が得られなかった。しかし七〇年代のこと、黄世仁*はやはり黄世仁、楊白労*はやはり楊白労だった。金を借りて返さないのは農村ではメンツ丸つぶれなこととされ、信用を失いもはや生きていけない。たとえ本当に支払えないとしても、大みそかの前には貸主に挨拶をするのが習わしだった。犬の飼い主である黄三圏に挨拶をする仕事は当然わたしがしなければならなかったが、わたしはいささか気後れしていて、彼がまた「共産党員」という言葉で圧力をかけてくるのではないかと心配だった。老二もわたしが行くのは良くないと言った。詩人気質で、すぐに激高するからだ。もし退役軍人まで腹を立てたら、正面衝突だぞ。

五狽は大きな長靴を履いて、かまどの前を俯いて行ったり来たり、考え込んでいる様子だった。老二は積極分子になって県から戻ってきて、高腰ブランドの長靴を持ち帰った。長靴は井戸を掘る老二に県政府が賞品として支給したものだったが、老二には小さかったので五狽にあげたのだ。五狽はその長靴をとても気に入って、雨が降っていなくても履いていた。長靴を履くと彼は随分と格が上がり、頼もしくなったように見え、不自由な足の欠陥はうまい具合に隠

＊黄世仁　革命歌劇『白毛女』に登場する悪徳地主。借金のカタに楊白労の娘を連れ去り売り飛ばす。

＊楊白労　『白毛女』に登場する河北省の貧農。黄世仁に娘を連れ去られた悲しみのあまり自殺する。

れた。五狽は長靴を履いて山道をひょこひょこと歩きまわり、遠くから見ると騎兵のような風格があった。

五狽は本当に「狽」だった。いざという時に必ずアイデアを出してくる。素早く頭を働かせ、老大に行ってもらうことを提案した。老大は穏やかで大人しく、情に厚い性格で、声を荒げたことなどなく、こういうことを処理するのに最適だ、と。

みんなは老大に行ってもらうことに賛成し、老大も嫌がらずに行った。一回目は相手に会えず、二回目はあまり愉快でない言い合いをして、三回目、四回目とも何の結果も得られず、五回目、六回目は肝心の話題に入れず、七回目は正月十五日〔元宵節〕で、犬皮の敷物を脇に抱えて行き、また抱えて戻ってきた。老大は債権者のところで羊肉の餃子を食べ、羊のモツと緑大根を袋に半分もらって帰ってきた……

わたしたちは羊のモツのスープを飲み、蒸しパンをかじり、とても幸せだった。五狽は、こうこなくちゃな、と言った。

その日から、犬皮の敷物は老大の側の炕に敷かれることになった。

わたしが炕で何度も寝返りをうつのを見て、老大は暗い調子で言った。老四、怒らないで。私はもう決めたから。

わたしは言った。あなたが結婚するのに、わたしが何を怒るというの？

老大は言った。黄三圏さんは良い人よ、あなたはわかっていないのよ。

わたしは言った。黄ばんだ髪、黄ばんだ目、黄ばんだ爪……あの人はうまいことやったものね！

老大は言った。どちらがうまくやったかなんて、まだわからないわよ。

老大はわたしたちのなかで最初に結婚した人で、県全体の知識青年の中でも最初に地元の農民と夫婦になった人だった。一切の退路を完全に断ち切って「農村に根を下ろした」のだ。「張秀英」の名前は地元の新聞や放送局に頻繁に登場し、「有名人」となった。婚礼には彼女の父親も出席した。デニムの作業服を着ていて、身体を動かすと紙の服を着ているようにガサゴソと音がした。わたしは納得がいかなかった。「貧農や下層中農と結びつく」方法はいくらでもあるのに、どうして結婚しなければならないのだろう？　五狽はわたしを諭して言った。どうして結婚しちゃいけないんだ？　おまえだって劉発財と結婚したがっていたくせに、どうして老大が黄三圏に嫁いじゃいけない？

あれは冗談だったのよ、とわたしは言った。五狽は言った。おまえは冗談で済んでも、老大には無理だ。老大は労働者の父親と同じで現実的な人だ、ちゃんと暮らしていく人なんだ。

半年後に老三は去っていった。「革命軍人」の老三はその頃復帰した父親を頼って、空軍に行ったのだ。老三が出発する時、わたしたちはそろって見送り、人民公社の革命委員会の前まで送って行った。そこに軍のジープが待っていた。老三は一人一人と熱い抱擁をして、「部隊に着いたら手紙を書くよ」と誓い、さらに老大の大きなお腹を指して、俺が三番目の叔父さんだと教えてやってくれよ、と言った。

だがこの「叔父さん」はそれっきり戻ることはなく、手紙もよこさなかった。わたしたちと彼とのつながりは永遠に失われてしまった。数十年後の知識青年の集まりにも彼の姿はなく、彼は死んだという人もいたが、わたしたちは誰も信じなかった。

窰洞には老二とわたしと五狷が残された。わたしたちと前順溝の知識青年を一緒にするという情報があり、みんなこのことに積極的ではなかったが反対もせず、毎日がますますつまらなくなっていくように感じていた。発財は父親になって、普段はわたしたちをかまっていられなくなり、わたしたちの窰洞にきて春歌を唄うこともめったになくなった。彼の息子は「劉開顔（リウ・カイイエン）」といった。これは紅宇宙がつけた名で、「三軍過ぎたる後、悉く（ことごと）顔を開ばす（ほころばす）」＊から取ったものだった。麦子は呼びづらいと嫌がり、息子を「拴騾（シュアンルオ）〔ラバつなぎの意〕」と呼び、下の子たちがまだ生まれていないうちから「拴馬（シュアンマー）〔馬つなぎ〕」「拴驢（シュアンリュイ）〔ロバつなぎ〕」と名前も考えておいた。彼女の舅はこうした名前をとても気に入って、農民の子どもは名前が卑しいほど育てやすいんだ、自分の仕事にもちなんでいるし、良い紀念になる、と喜んだ。

老大は正真正銘の陝北の女房になって、体つきはがっしりし、顔は黒く日焼けし、言葉も訛り、靴底を縫えるようになり、麺棒で鍋の攪団をうまくこねられるようになり、ロバの後ろについて小箒をもち、上手に小麦粉を挽けるようになった……のびのびと幸せに暮らし、ニンニクの芽入りのすいとんや犬油の揚げパンの日々とは永遠に別れを告げたのだ。わたしたちは彼女のところに遊びに行き、黄三圏はウサギ肉の醤油煮込みでわたしたちをもてなしてくれた。ウサギ肉はたっぷりとあり、老大は卵とトマトの炒め物入りの抿尖を鍋一杯作ってくれ、わたしたちは黄三圏の熱い炕に寝そべって身動きすらしたくないほど満腹になった。

＊三軍過ぎたる後……毛沢東の詩「七律　長征」の一句。

貧農下層中農と結びつくというのはなんて良いことなのだろう！　老大に感謝しなければならない。もし老大という「農村の親戚」の支えと、発財の物質面での援助がなかったなら、仕事の配属に望みがなく、都会に戻る希望もない苦しい毎日の中で、わたしたちがどれだけ持ちこたえられたか、想像もつかない。一九七一年から七二年にかけてはわたしたちが下郷してから最も辛い時代で、労働から帰るとぼんやり座り込み、西の空の凄艶な夕焼けを眺め、みなそれぞれ物思いにふけっていた。五狽はずいぶん老成し、寡黙になった。内職をしている彼の母親は緑内障で両目とも失明してしまった。盲た母親が一人でどうやって暮らしているのかが、五狽の心の中の大きな重しとなっていた。老二はもはや井戸を掘るのをやめていた。黄土の大地のあの枯れた暗い穴が彼の二年間の労作で、彼は自嘲気味に、愚公は死んだよ、とわたしたちに言った。

また夏がやってきた。尋常でない暑さで、半年近く一滴の雨も降っていなかった。竜王様がご機嫌斜めだ、本気で俺たちと我慢比べをしてるんだ、お祀りする前に雨乞いをしなけりゃいけなかった、と農民たちは言った。どうやって雨乞いをするのか、とわたしたちが尋ねると、発財の父親は、竜王様を担ぎだして陽にあてるんだ、と言った。竜王様はどこにいるのかと聞くと、裏の谷の窰洞の中に納められているという。支部書記が率先して迷信を信じているの、とわたしが言うと、彼は、お天道様が雨さえ降らせてくれれば、俺は何でもやるよ、と言った。雨乞いをする前に紅宇宙が来て、学習会を開くべきだ、「天と戦い、地と戦い、人と戦」わねばならない、と言った。どうやって戦うのか、と発財の父が尋ねると、紅宇宙は言った。水を担いで山に登るんだ！

発財の父は言った。谷川の水はもう二カ月も干上がっているんだぞ。

水が不足すると人は病気になりやすい。村では下痢になる人が日増しに増え、五狽はここ数日とても忙しかった。黄連素〔下痢止め薬〕はすでに一瓶が空になりかけ、彼は老二に、人民公社から薬をもらってきてくれ、ついでに衛生院に伝えてくれと頼んだ。村の公衆便所に蠅が増えすぎ、血便が見られるようになった、たぶん赤痢だから、伝染病の専門家をよこしてほしい、と。

今思えば、五狽はほんとうに責任感のある医師だった。呼べばすぐに来てくれ、昼夜を問わない働きは人々の信頼と評価を勝ち取っていた。もう誰も、鶏や犬を盗みニンニクの芽を引っこ抜いた彼の悪行を持ち出そうとせず、まるで彼が最初からずっと善人だったかのようだった。

午後になって発財が駆け込んできて、子どもが熱を出した、まるで火のついた炭みたいに熱いんだ、引きつけも起こしてると言って、五狽に急ぎ向かってくれるように頼んだ。五狽は何も言わず、薬箱を背負って発財とともに出発した。発財の父は数人の若者たちをつれてこっそり裏の谷に向かった。彼らの秘密めいた表情からして、おそらく竜王様に頼み込みに行ったのだろう。

彼らが出発していくらもたたないうちに、東に黒雲が沸き起こり、墨を流したように空を覆いつくし、辺りは夜のように真っ暗になった。たちまちザアザアと雨が降り出した。雨はバケツをひっくり返したように激しく降り、世界中が水に浸かってしまったかのごとく、瞬く間に谷川をあふれさせ、すべてを水の中に沈めてしまった。窰洞ではわたしが一人で留守番をしていた。雷がバリバリと音を立てて庭に落ち、傾いだナツメの木に当たって木は真っ二つに裂けて倒れた。みるみるうちに豚が押し流され、濁った泥水とともに谷を下って行く。雨水は入口の敷居を越えて窰洞に流れ込み、わたしは炕の隅に縮こまって、窰洞が水で崩れてしまうのではないか、雷に当たって焼け死んでしまうのではないか、土石流がわたしをさっきの豚のように押し流してしまうのではないかとひたすら怯えていた。

かまどに水が入りこみ、今日の夕食が水の泡だ、とわたしは思った。谷の向こうにいる五狽を、人民公社に薬を取りに行った老二を想い、自分の孤独と弱さを感じ、自分が仲間たちと片時も離れていられないことを知った。

大声を上げて泣いた。雷鳴と雨音の中で、思う存分泣いた。

黄土高原の雨は降るのも早いが止むのも早い。雲がまだ晴れていないうちから太陽が燦々と輝き出した。谷では耳をつんざくような轟音が響き、鉄砲水が来たぞ、と誰かが叫んだ。窰洞を飛び出して谷川の淵に立ってみると、そこでは泥水が逆巻いて吠え狂い、ゴウゴウと鳴る風とともに、さながら跳ねまわる羊の群れのごとく、押し合いぶつかり合って、下流に向けて渦巻きながら流れ去っている。対岸でもたくさんの人が水を見ていて、流されるものをあれこれと指差していた。わたしは路上の老二が事故に遭ったのではないかと心配になった。

半時間ほどたったころ、沸き返る水が止み、細い川には根っこごと引っこ抜かれた木やたくさんの雑草が残った。発財に見送られて五狽が川を渡ってくるのが見えた。五狽は長靴を履いて、泥だらけの飛び石の上をとても機敏に飛び跳ね、発財が薬箱を代わりに背負っていた。

五狽が戻ってきて、老二ももうすぐだろうと、わたしは窰洞に帰りかまどの底にたまった水をかき出してきれいにした。二人にほかほかの食事を作ってやらなければ。

わたしは乾麺をゆでて卵を入れ、胡麻油をたらした。それはわたしたちにとって最高のご馳走で、誰かが病気になった時のためにとっておいたものだった。その乾麺はわたしたちとともに北京から後順溝にやってきて、まだ一度も封を開けていなかった。五狽と老二のために、今開けたのだ。

先に入り口を入ってきたのは老二だった。体中泥だらけだったが、麺を見ると待ちきれずに手を伸ばした。五狽は？とわたしは尋ねた。

見ていないよ、と老二は答えた。わたしは言った。とっくに帰ってきたのよ、あなたよりも四十分前にはね。みんなで一緒に食べようと、わたしは老二に五狽を探しに行ってもらおうとしたが、老二は待ちきれない、今すぐ食べたいと言った。

見る間に日が暮れて、わたしは窰洞の外に出て山に向かって叫んだ。王小順！　王小順！

王小順！　王小順！　後順溝の山はこだまを返した。

七

麦子は言った。一昨年の夏に男が一人訪ねて来た。あんた方の窰洞の前に立って、二つの入り口に向かって天地を揺るがさんばかりの声をあげて泣いた。あたしはそれを聞いて、人に見に行ってもらったんだ。でもその人が行ってみるとそこには誰もいなかったそうだよ。たぶんもう行ってしまったんだろう。

わたしは言った。それは老二よ。老三かもしれない。もちろん五狽だってこともあるわ。

麦子は長いため息をついた。

もうすぐバスが来る時間だった。わたしは揚げ菓子を二つ包んだ。麦子はわたしの考えを察し、孫娘に言った。老四おばさんにお伴して五狽おじさんのところに行ってきなさい。

それには及ばない、とわたしは言った。場所は知っているから、と。麦子は言った。この子に行かせようよ、あたしの代わりに。

そして孫娘に酒を一瓶持たせた。

おもての犬はわたしを見ると相変わらず敵に会ったように唸り声をあげた。よく見るとその犬は黄三泰にそっくりだった。女の子はまた犬を蹴飛ばし、犬は負けじと鎖を引っ張った。女の子は言った。三圏おじさんがくれた犬なんだけど、気性が荒くて、誰にもなつかないんだよ。

犬の記憶は遺伝するのかもね。わたしは言った。

女の子は意味がわからなかったようで、目をぱちくりさせた。犬は狼を見たら自然と噛みつこうとするのよ、とわたしは言った。

女の子はまだわからないようだった。

谷川に降りると、変わりもしないあの懐かしい道だった。四十年前にわたしたちが毎日歩いた道だ。川底の飛び石、川岸のナツメの木々……もうすぐ、もうすぐだ。わたしの胸は高鳴り始め、足取りもますます速くなり、女の子をずっと後ろの方に置き去りにした。

土の山がわずかに盛り上がっている。それが五狽の墓だった。

あの日、発財は五狽を送って川を渡るとすぐに帰っていき、わたしも料理をしに戻り、五狽は薬箱を背負って坂道を上がってきた。坂の途中、道の脇に窪地があり、水が溜まっていて、五狽は長靴をすすごうと近づいた。水は浅く、彼の足の甲にも達しなかった。さらに数歩前に進んだ時、五狽の姿が消えた。

五狽は老二が掘った井戸に落ちたのだった。枯れ井戸は今や枯れてはおらず、雨水がいっぱいに溜まり、井戸の口は水たまりに隠れていて、五狽は気づかなかった。五狽はわたしたちのように、体育の時間にプールでふざけたことがなかった。一度も水に入ったことがなく、かなづちだった。かなづちでも浮かぶことはできる。彼の命を奪ったのは口まで雨水が入った長靴だった。それは二つの石のように、五狽を井戸の底に引きずり込んだのだ。

五狽はこうして亡くなった。わたしたちの目の前で、多くの人が一番彼を必要としていた時に。

老二の精神は壊れてしまった。彼は五狽の死を自分のせいだと考えた。彼が掘った井戸、彼があげた長靴、彼が五狽の代わりに死ぬべきだったのだ！　老二は爪でみぞおちを血だらけになるほど掻きむしり、半裸で野山を駆けまわり、咆哮した。叫んでいたのか、泣いていたのかはわからない。発財が農民甲と乙に追いかけさせたが、とても追いつけなかった。

五狽の葬儀は伝統的な形式で盛大に行われ、発財の父親が取りしきった。すべて地元の古いしきたりにのっとって進められた。七日間魂を留めおき、酒を供え紙銭を焼き、盛大に出棺し、白い麻の喪服を着て、弔いの幟を立て素焼きの鉢を壊し*、チャルメラが先導するのだ。五狽には子どもがいなかったので、誰が喪服を着るか、誰が幟を立てて鉢を壊すかで、みな困ってしまった。農村では、これらを引き受ける人が喪主で、親孝行な子であり、跡継ぎの身分を引き受ける人とされる。わたしたちを感動させたのは、黄三圏がこの時退役軍人の度量を、農民の温かさを、知識青年の夫として負うべき責任を示したことだった。彼はまだ歩けない息子を抱いてきて、きちんと喪服をまとわせ、みなに向かって、こいつは王小順の甥っ子だ、と言った。

子どもはまだ小さかったので、幟を立てたり鉢を壊すのは黄三圏がやった。五狽のあの「三兄さん」という呼びかけは無駄にならなかったのだ。

紅宇宙も出席して、恭しく酒を供え、沈痛な面持ちで言った。毛主席は仰っている……王小順同志よ、安らかに。

それ以来、後順溝では誰も五狽のことを五狽と呼ばず、みな王小順と呼ぶようになった。

五狽を埋葬すると、老二は一日も後順溝にいられず、北京に戻りたい、仕事がなくても、戸籍がなくても、許されなくても戻りたいとかたくなに言い張った。そんな風に戻ったら無戸籍者になってしまうわよ、とわたしは言った。無戸籍者には賃金も食糧切符もない……つまり、前途がないのだ。

老二はわたしの言うことを聞かず、やはり出発した。立ち去る時は誰にも挨拶をせず、黄茶色の鞄を背負い、まだ暗いうちにそっと行ってしまった。老三のように、老二はその後、もう

*素焼きの鉢を壊し　中国では、死者の生まれ変わりを願い、葬儀の際に穴の開いた素焼きの鉢を壊す風習がある。

手紙をよこさなかった。のちに帰省した知識青年が教えてくれたのだが、老二は帰ってから苦しい暮らしをしていて、北京の南にある漬物工場で臨時工として働いているという。毎日醤油の缶を担いだり、大根の漬物をかき交ぜたりして、体中に漬物の臭いがしみつき、キュウリの漬物の様な顔色をして、下郷していた時よりも色が黒かったそうだ。

わたしは一九七三年に関中の工場に配属されて、研磨工見習いとして三年間働いた。大学受験が再開されると大学に上がり、卒業後は詩を書くのはやめて、小説を書いた。わたしは知識青年の中では順調な方だった。小説はとても平凡で、名声などなかったけれど。一昨年の春、北京の中山公園で京劇のアマチュア演奏会に参加し、偶然にも老二に再会した。彼は相変わらず『盗御馬』を唄っていて、青い隈取りに赤いひげ、緑の服に黒い靴を履き、輝く照明の下で生き生きと振る舞い、この上なく美しかった。「聚義庁に酒宴を張れ、集いし賢弟諸君に胸のうちを語ろうぞ」の歌詞が、わたしの全身を震わせ、熱い涙をあふれさせた。老二が舞台を下りるのも待たずにわたしは駆け寄り、もう二度と放すまいと力一杯彼を抱きしめた。観客たちは老二が熱烈なファンに会ったと思いこみ、さらに大きな拍手を送った。

その日、中山公園のベンチで、わたしたちの話はいつまでも尽きることがなかった。頭上には薄紅色の華やかな海棠の花が咲き、暖かな夕暮れの風が吹いていた……老二があの時、どうしても北京に戻りたがった理由をわたしは知った。彼はわずかな工賃で、五狽の盲た母親を養い、最期を看取っていたのだった。彼女は八十二歳まで生きた。彼は責任を果たすためにあまりに多くの機会を失い、今はリストラされた一介の労働者に過ぎなかった。

わたしは毛沢東老人のことばを思い出した。一人の人間が良いことを一つするのは決して難しいことではない。難しいのは一生の間良いことをし、悪事を働かず、数十年を一日のごとく過ごすこと、それこそ最も難しいことなのだ*。

老二は『語録』の文句を聞いて少し笑い、妻と小さな食堂を開いている、朝食専門で、軽食を出している、揚げパンもある、と語った。老二は五狽が事故に遭ったあの日、わたしが山に向かって「王小順」と叫んだことに触れて言った。あの時へんな感じがしたんだ。俺たちはずっと五狽、五狽と呼んでいたのに、どうしてあの日は「王小順」と呼んだんだろう。わたしは言った。わたしが王小順を呼んだ時、彼はもう亡くなっていたのよ。老二は言った。五狽はあそこに残る運命だったんだ、小順は永遠に後順溝に眠っている。あそこが彼の終の棲家なんだ。

*一人の人間が…… 毛沢東が作業中に殉職した中国人民解放軍の兵士、雷鋒（一九四〇〜六二年）を讃えて言った言葉。のちに『毛主席語録』に収録された。

五狽の墓前に立ち、わたしはじっと黙り込んだ。墓の土は硬く渇いて、あまりの小ささに胸が痛くなった。まるで五狽の小さな身体のようだ。碑を立てるべきよ、とわたしは言った。女の子は言った。自分の家の墓には碑を立てないんだよ。全部心の中にあるから。

女の子は五狽の墓の傍の土盛りを指して、彼女の祖父の墓だと教えてくれた。彼女の祖父は亡くなる前、自分の家の墓地には埋めるなと遺言を残した。ここで五狽おじさんのお伴をするんだ、彼が寂しくないように、と。わたしが最後に後順溝を離れる時、発財が約束してくれたことを思い出した。彼はわたしに、安心しろ、自分の兄弟と同じように五狽の世話をするから、と言った。

出まかせに言ったわけではなかったのだ。

お供え物を上げて、わたしは五狽に何か言うべきだという気がしたけれど、そっと『盗御馬』を口ずさんだ。

雲が漂ってきて、雨が降り出した。女の子はわたしを崖の下に雨宿りに連れて行ってくれた。遠くに五狽の墓が雨の中で土埃をあげているのが見えた……五狽にはわたしが来たことがわかったのだ……

『盗御馬』の曲は終わり、そして誰もいなくなった。

✺訳者あとがき

一九七七年に文化大革命終結が宣言されて四十年余、中国では青年期にその渦中にあったいわゆる「老三届」が老年期にさしかかっている。振り返れば文革終結二十年を迎えた頃から、文革時代をノスタルジックに思い返す風潮が何度かあった。本作はそのような世相のなかで執筆されたものだ。

作中の知識青年たちは、下郷先の農村で満たされぬ食欲に苦しみ、まともな娯楽も報酬も、将来の希望すらない日々を過ごしている。大きな権力のうねりの中で、ひたすら純粋に社会主義を信じる、無力で小さな存在であった知識青年像を、この小説はくっきりと描き出す。

彼らの姿は、時に滑稽で、ユーモラスでもある。彼らを取り巻く農村の人々の明るさ、あけっぴろげな性、懐の深さ、情の厚さも、ともすると陰惨に傾く文革期の農村イメージとは正反対だ。「盗御馬」もまた、自分たちの世代の「青春」を肯定した文学といえるだろう。

葉広芩の小説は家族や自身の経歴を題材にした自伝的作品が多いが、実は虚構の部分も少なくない。本作の語り手「わたし」の両親のエピソードはその一例で、下郷先での体験も同様らしい。かつての満州貴族として北京に生まれ、一九歳で陝西省の農村に下郷した作者に対して、周囲の風当たりは極めて厳しかったようだ。二〇一五年、彼女は中国のブックサイトの取材に応え、当時の経験について作家・従維熙の言葉を引き、「生活と運命はあなたを踏みにじり、そうして初めて文学を与える」と語っている。

本作は『北方文学』〇八年第一・二期（知識青年特集号）に発表後、改訂を経て、長編小説『狀元媒』（一二）の一章として出版された。拙訳は雑誌版を収録している中編小説集《対你大爺有意見》（西安出版社、一〇）をテクストとした。

邦訳はほかに、『貴門胤裔』（吉田富夫訳、〇二）、『娘とわたしの戦争』（郭春貴、郭久美子訳、〇四）、『青木川伝奇』（福地桂子、奥脇みち子、田蔵訳、一六）、「外人墓地」（拙訳、本誌第十七号）がある。作者の出自については『貴門胤裔』訳者あとがきが詳しい。

葉広芩は現在もなお、多彩な分野で健筆をふるい、新しいジャンルに挑戦し続けている。二〇一八年、初の児童文学作品集《耗子大爺起晩了》（北京少年児童出版社）が出版された。

■大久保洋子（おおくぼ　ひろこ）
翻訳に、陳応松「太平——神農架の犬の物語」、葉広芩「外人墓地」、王凱「対話」（以上『中国現代文学』ひつじ書房）、郁達夫「還郷記」、豊子愷「おたまじゃくし」（以上『中国現代散文傑作選一九二〇—一九四〇　戦争・革命の時代と民衆の姿』勉誠出版）がある。

紅馬（ホンマー）を弔う

蘇童

齋藤 晴彦訳

原題　〈祭奠紅馬〉

初出　《中外文学》1988年第5期

テクスト　《神女峰》上海文芸出版社2014年1月

作者　【そ どう　Su Tong】

1963年江蘇省蘇州生まれ

故郷のみんな、君たちはもう見守ることに倦（あ）きてしまった。どうであれ、あの紅馬（ホンマー）は永遠に戻ってはこない。小川はもう何年も止（とど）まることなく、谷間には瑞々（みずみず）しい野蕎麦（チャクチリソバ）と香茅草（レモンガヤ）が揺れ、昔むせび泣いた風は音を変え波の上にこだまする。それらは、君の記憶を呼び戻す。だが、あの紅馬は永遠に戻ってはこない。

紅馬と共に遠くへ行ってしまったのは、怒山（ヌーシャン）から来た男の子だ。彼の爺さんはその子を鎖（スオ）と呼んでいた。おそらく男の子の名は鎖なのだろう。彼は伝説の紅馬の小さな恋人だ。鎖が物語に登場する時、僕の祖父が吹くチャルメラをよく聞いて欲しい。音色は泣声によく似ている。それは泣き虫だった鎖の泣声をまねたものだ。鎖は体中に蔓草をまとった裸の男の子だと想像してもらいたい。鎖は川の中で立ち小便をして空を見上げるや否や、紅馬が遠ざかってゆくのを目にした。途方もなく美しい一頭の紅馬が、たてがみをなびかせて天空へと駆け上がり、今まさに遠ざかってゆく。鎖は指を口にくわえ大声で泣き出した。想像して欲しい、鎖はずっと昔、草木が生い茂る山の中にいて、彼の大きな泣声が川のメダカや空の山雀（ヤマガラ）を驚かせたと。翡翠色の羽を持つ山雀が飛んできて鎖の肩に止まり、君と同じように鎖のかすれた泣声に静かに耳を傾ける。あの頃、鳥たちは子供を怖がったりはしなかった。

暮色の中、東南の方を向いている鎖の姿が見える。東南の方角には果てしない山脈と森林が横たわっている。果てしない山脈と森林の向こうはもう海だ。鎖が立つ姿勢と方角から、紅馬が東南の方へ消えたこと、海の方へ消えたことが分かる。

この物語には、鎖の爺さんにも登場してもらわなければならない。逞しい体が日に日に衰えていった、あの怒山の爺さんだ。彼は楓楊樹（フォンヤンシュー）粉ひき小屋の主（あるじ）だった。彼の小屋は山の上にある。それは石を積み上げて造られたもので、窓が一つもなかった。爺さん自身の話では、彼は遥か彼方の怒山から移って来たらしい。そこに住む山民（さんみん）は、真っ暗な部屋の中で朝から晩まで松明を灯して暮らした。家畜をオンドルの傍に囲って飼い、子供も家畜と一緒に育てたそうだ。彼らは馬を飼うのも、たくさんの子供を育てることも好きだった。馬たちは人の百倍も美しく肥えて力強かったが、子供たちはとても痩せていて世代を追うごとに弱々しくなっていった。こんなわけで、怒山人たちは年々南へ向かってちりぢりになり、故郷を離れていった。

怒山の馬たちは、主人が各地を転々とするうちに離ればなれになり、そのうちの一頭が主人に随って僕の故郷の楓楊樹村にやって来た。この馬をこの物語の主人公と考えてもらってもかまわない。

ある朝、爺さんは谷川に現れた。彼は紅馬を引いて谷川に現れた。馬は立派な体躯をしており、並外れて美しく、首には銀色の首輪がはめられ、きらきらと輝いていた。奇妙なことに、馬の背中には山の峰のような莚（むしろ）の包みがあり、もぞもぞと動いていた。僕の祖父は、トウモロコシを収穫している時に初めてその馬を見た。すると、たちどころに魅了され、抱えていたトウモロコシを放り出し、彼らの方へ駆け寄った。

「そりゃ、馬かい？　旅の人」

「馬だ。怒山の馬だ」爺さんは気怠そうに答え、手綱を引いた。

「馬が背負っているのは何かね？」

「なんでもない、ただの莚だ」

爺さんは馬をポンと叩くと、顔色一つ変えずに集落の方へ向かった。僕の祖父は、トウモロコシ畑に立って彼らの疲れ切った姿を眺めていた。すると彼は馬の背中の莚が、ずっともぞもぞと動いていることに気付いた。中に何かを隠しているかのようだった。怒山人が馬を引いて川を渡っている時に、僕の祖父は鎖を見た。鎖の真っ黒な頭が莚から出てきて、また引っ込んだ。鎖は馬の背中に隠れて楓楊樹村の川を渡ったのだ。

怒山人が、なぜ子供を隠して道を急ぐのかは謎だった。祖父は、彼らは馬と子供が財産なので追剥を恐れているのだと言った。山の外に住む者には馬は奪えないが、子供は奪うことができると怒山人は信じていた。そのため、彼らはみな山を離れる時には子供を莚で包(くる)んで馬の背に隠した。祖父は、あいつらはしょせん遥か彼方の怒山から来た奴らだからなと言った。

鎖は、たびたび紅馬に乗って山を下り、集落へやって来た。女や子供はみな、珍しい馬とその背中に乗った子供を窓からじっと見つめた。彼らは紅馬と子供にいくつかの共通点があることに気付いた。どちらも銀の首輪をつけている。鎖の真っ黒な髪の毛のひとふさは、爺さんに馬のたてがみのように梳(す)かれ、風を受け揺れている。鎖は馬に跨り僕らの村を見回したが、ずっとぼんやりしていて哀しげだった。怒山の紅馬はしきりに嘶(いなな)き、夢の中にいた全ての村人を目覚めさせた。

女たちはみんな鎖のことが好きで、何度も窓辺で叫んだ。

「鎖、馬から下りておいで、トウモロコシ餅《ビン》（トウモロコシ粉を円盤状にこねて鍋で焼いたもの）を食べさせてあげるよ」

鎖は尊大に首を横に振る。鎖は寡黙な子供で、馬と話をするのは好きだったが僕らのことは好きではなかった。

しかし、楓楊樹村の女たちはそれでも窓辺で叫んだ。

「鎖、おちんちんが大きくなったんだから、ズボンを穿かなきゃ」

鎖の黒い顔にぱっと怒りが浮かぶ。彼が両足で馬の腹を挟むと、紅馬は村の路地と干場《ほしば》を駆け抜け、去っていった。鎖はいつも裸だった。鎖の爺さんは鹿のもみ皮のズボンを作ってやると約束していたが、いつまで経っても出来上がらなかった。爺さんは針や糸さえ持っていなかったのだから、鎖に鹿のもみ皮のズボンを作ってやれるはずもない。

祖父が怒山人と親しかった頃の思い出を聞いてもらいたい。祖父は食糧を背負って山を登り、石造りの小屋を訪ねた。祖父は爺さんとその孫と一緒に莚に座り、自家製の米酒《ミージュウ》（もち米、黍などで作った酒）を飲んだ。紅馬は彼らのそばで秣《まぐさ》を食《は》んでいた。祖父が山に行く主な理由は紅馬を何度も見たかったからで、出来れば乗って走らせてみたいとさえ思っていた。それは子供じみた願いだったので、祖父は恥ずかしくてずっと口にできずにいた。

祖父は、怒山の爺さんに言った。「何か足りないものがあれば言ってくれ。楓楊樹村には何でもある。何でも見つけてきてやるぞ」

「何も不足はない」爺さんは急に声を低くすると、祖父の目をじっと見つめて言った。「女だけが足りん、おまえの妹を嫁にくれ。綺麗な女だ。ここに来てすぐに惚れちまった」

「なんだって！　おれの妹だと？」祖父は驚き、それから大声で笑い出した。「でも、あんたはもう七十過ぎだろ、妹はまだ十六だぞ！」

「歳など覚えておらん。数えたこともない」怒山の爺さんは不快な表情をした。明らかに心を傷つけられたようだ。爺さんは振り返って筵から離れ、大きな石机の前まで歩いていくと、机の上の甕や壺を手で払い退け、祖父に言った。「おまえは石机を頭の上まで持ち上げられるか？」石机は少なくとも百キログラムはあるだろうと考えた祖父は首を横に振った。怒山の爺さんはせせら笑って言った。「おまえは若くて、樹の幹みたいにぴんぴんしているってのに、石机を持ち上げられない。おれは年を取った。だが、見てろよ、頭の上まで持ち上げてやる」そう言い放つなり、爺さんは毛皮の上着を脱ぎ棄て肩をむき出し、両手で石机を持ち上げ始めた。彼は、頭の上まで挙げると同時に祖父に向かって叫んだ。「おまえの妹を、おれによこせ！」

僕の祖父は、その光景が忘れられなかった。彼はその時、無意識のうちに自分の目を覆った。彼は紅馬がそばで意味深く嘶き始めたのを聞いた。それから彼は、トウモロコシ粉一袋を紅馬の蹄の下に放り、すぐに石造りの小屋を後にした。僕の祖父は男が男に与え得る最も致命的な打撃を受けたのだ。恥辱と憤慨が二本の鋭い爪のように祖父の心を引き裂き、彼の心には恨みの種が植え付けられた。祖父はこの時から、楓楊樹村の男の弱々しさと器量の小ささを意識し始めた。それから、祖父は厳しいトレーニングによって超人的な肉体、精神力、腕力を身に付け、後に楓楊樹村の誰もが知るやくざ者の親分となった。

僕の祖父の妹とは、もちろん嫻（シエン）おばさんのことだ。嫻はもうずいぶん昔に亡くなった。嫻は想像を絶するほど美しい村娘だった。彼女は十六歳の頃にはもう石榴（ザクロ）の花のように、はち切れんばかりに豊満だった。嫻は短い一生の中で、味わい尽くせぬほどの驚くべきロマンスを残した。

全ては怒山の男の子、鎖と関係があった。僕の祖父がまたチャルメラを吹くのが聞こえるだろう。女の子が夢を見る時の、奇妙だけれど、特別な深い意味を持った溜息のような音だ。チャルメラが唄っているのは嫻の恋心だ。驚くかもしれないが、嫻は嫁入りの八日前になって、突然、鎖に恋をした。玉虫色に彩られたこの種の恋は、大っぴらにもできないし、拒むこともできない。

嫻はこれまで家の外へ出たことがなかったが、嫁入りの八日前に、草で編んだ紅（あか）いスカートを穿いて山へ向かった。彼女は竹籠を提げ、スコップを持ち、村を歩いていった。ある人が嫻にどこに行くのかと尋ねると、彼女は「天気がとってもいいから、山へ山菜を採りに行くの」と答えた。嫻が川の浅瀬を歩いて渡っていったのは、鎖が谷間で大声を張り上げて泣いているのが聞こえたからだ。鎖は川辺で紅馬をじっと見つめ、大声で泣いていた。多くの人が鎖の泣き声を、楓楊樹村の空にこだまするカッコウの鳴声だと思い込んだ。それは神の鳥がもたらす不吉な知らせであり、そのため春は言いようのない悲しみに満たされた。だが、悲しみの川はどうしてここまで流れてきたのだろうか。鎖はどうしていつも大声で泣いているのだろうか。嫻は谷間に差す陽の光が山吹色をしていて、川の浅瀬に座る鎖が小魚のようにきらきらと光っているのを見た。怒山の紅馬は菩提樹(ぼだいじゅ)の下に立っていた。紅馬は長い首をもたげ、瞳から瑪瑙(めのう)の光を放ち、静かに世界の音を感じ取っていた。

「鎖、なぜ泣くの？」

鎖には彼女の声が聞こえなかった。鎖は春の午後には牧神となる。牧神は春の午後には泣かなければならない。

「鎖、なぜ泣くの？」嫻はスコップを竹籠に入れると、籠を水の中に放り出した。彼女は水辺に跪き、鎖の横に座ると、彼の手を取り言った。「お姉さんに話してごらん、なぜ泣くの？」

「馬がもうじき死んじゃう。馬はもう長くは生きられないんだ」

「泣かないで、泣き虫なのは女の子だけよ。ほら、馬は草を食べているじゃない、死ぬわけないでしょ？」

「違う。もうすぐ死んじゃうよ。馬は怒山を離れたらもう生きていけないんだ」

嫻は急にクックッと笑い出した。彼女は優しく鎖の頭を撫でると、美しい紅いスカートを軽くつまみ上げ馬の方へ駆けていった。「馬は元気よ。乗るから見ててね」嫻は手綱を引くとよろめいた。すると紅馬はしきりに嘶き、後ろ足を弓のように引くと、すばやく蹴り上げた。嫻の紅いスカートは危うく破られるところだった。鎖の叫び声がそれと同時に轟(とどろ)いた。

「馬に近づくな。乗っちゃだめだ！」

嫻は両手を腰に当て、紅馬を近くからよく観察した。彼女は紅馬が怒っていることは分かったが、その理由が分からなかった。

「どうして乗っちゃいけないの？　あたしが女だから？」

「馬があんたのことを知らないから。馬は知らない女は好きじゃないんだ」

「鎖、あなたも馬でしょ、あなたも知らない女は嫌いなの」

「爺さんが言ってた。人はみな、もともとは馬だったって。人はみな馬の子孫なんだ。でも人は良心を失くした。人はもう馬が好きじゃないんだ」

「鎖、あなたは仔馬ね、とても可愛らしい。ねえ、あたしは馬かしら？」

「あんたは雌の馬だ。いや、やっぱりあんたは女だよ。僕の爺さんはあんたのことが好きで、嫁にもらいたいって」

「あなたのお爺さん？　もうすぐ百歳でしょう？　男なら誰だってあたしを欲しがるわ。あたしはあなたのお爺さんには嫁がない。あと八日したら、あたしは平原の行商人に嫁ぐの。彼は花柄の絹織物を八疋〔一疋は幅約三十六センチ、長さ約二十二メートル〕、贈ってくれたの。あと八日で、あたしはお嫁に行く。お嫁に行くって、どういうことだか分かる？」

「嫁に来てくれないと、爺ちゃんはあんたを殺しちゃうよ」

「わたし、あなたのお爺さんなんか怖くない。男はみんな臭い。男はみんな汚いわ。鎖、あなただけは水のようにきれいね。女はみんな、あなたのことが好きなのよ。みんな、あなたを抱いて眠りたいって思っているのよ」

すべては春の午後の仕業だった。嫻は、野原の湿った芳しい風によって、抗うことのできない状況に追い込まれると、欲望を抑えられない蝶となった。彼女は山吹色の陽光の下で体を震わせ、怒山の男の子、鎖の裸体をじっと見つめた。彼女の瞳はだんだんうっとりしてきた。野原の湿った芳しい風が嫻の手を動かした。彼女の掌には青い春が揺れ動いていた。その手は鎖の銀の首輪をつかむと、彼の裸体の上を蛇のように自由に這い回った。鎖は黙っていた。知ってのとおり鎖は牧神なのだ。牧神は静かに嫻の手を見つめた。その瞳には紅馬の影が映し出されている。野原の湿った芳しい風が嫻の手を動かした。彼女の片方の手は欲情に満ち天空に向けて広げられ、もう一方の手は紅いスカートの紐を解いた。嫻はそっと囁いた。「鎖、お姉さんも馬なの、乗りなさい」

牧神である怒山の男の子は、僕の祖父の妹である嫻の体にまたがった。信じて欲しい、彼は無垢な馬乗りだったと。疑わないで欲しい、彼は全ての馬を愛していたと。

僕の祖父の物語はいつもここで中断する。なんといっても、これは秘密にされた一家の歴史なのだ。紅馬を弔う時、嫻の魂にも香茅草のお香を供えよう。嫻はとてもロマンチックで、不幸な女だった。十ケ月後、彼女は難産のため命を落とした。彼女の赤ん坊は生まれ落ちると、日の出から深夜まで泣き続け、よく響く澄んだ泣声で母親をあの世へと見送った。赤ん坊は仔馬のような形をしていて、平原の人々をひどく驚かせた。

嫻は嫁ぐ時、確かに色とりどりの絹織物八疋を抱えていた。彼女の乱れた長い髪は、髪油を塗って既婚女性のまげに結い上げられ、蘇芳色をした芍薬（シャクヤク）の花が一輪、斜めに差し込まれていた。彼女の顔は並はずれて美しく、永遠の若さを湛えていた。娴は輿（こし）に乗って楓楊樹村を出発すると、川べりの谷間にさしかかった。彼女は、怒山の男の子、鎖が今までと同じように、水辺に座り紅馬と向かい合って泣いているのを見た。娴はこの時、初めて鎖が泣く意味を悟った。彼女は輿の上で立ち上がると、鎖に向かって指を曲げ、不思議な手真似で胸の内を伝えた。

——鎖、大きくなったんだから、ズボンを穿かなくちゃ。

「紅馬が行っちゃう」鎖は川辺で泣きながら答えた。鎖は俯いたままで、遠くへ嫁いで行く娴を見ようとはしなかった。娴の家まで花嫁を送り届ける人々はみな、鎖の悲しげで奇妙な答えを聞いた。彼らが後に思い返してみると、鎖は誰よりも先ず娴に紅馬が遠くへ行ってしまうことを明かしたのだった。

その日、人々は楓楊樹村の山の尾根を一頭の奇妙な馬が追い風に乗って疾走しているのを見た。馬は人間そっくりの姿をしていた。哀しみ泣き叫びながら追い風に乗って駆け、四本の脚で岩石ばかりの地面を蹴り、けたたましい足音を立てた。人々はこの奇妙な馬は一体どこから来たのだろうかと口々に言った。

その後、一人の男が山から駆け下りて来て叫んだ。あれは馬ではないぞ、怒山の爺さんだ。このことはすぐ村中に広まったが、誰も彼の言うことを信じなかった。村人たちは、その日は日差しがあまりにも強かったので、おそらく目がかすんだのだろうと考えた。だが、僕の祖父は押し黙っていた。祖父はあの奇妙な馬は怒山の爺さんに違いないと信じていた。翌日、祖父は怒山の爺さんの蘇芳色の顔が、瞬く間に老いてしまったのを目にした。

恨みとは、花が咲き実の成る樹だ。恨みの樹は、僕の祖父と怒山の爺さんの間で暗い褐色の葉を茂らせ、この物語にたくさんの枝葉(えだは)を付けた。

怒山の爺さんの粉ひき小屋について少し話しておきたい。粉ひき小屋のローラーと石臼(いしうす)は全て、以前、祖父が爺さんとその孫に贈ったものだ。祖父は、下心があって贈ったのだと打ち明けた。祖父はあの紅馬を見て以来、すっかり夢中になった。彼は生まれつき独占欲が強い男だった。だが、紅馬は彼を嫌い、いつも彼の親しみを拒んだ。すると祖父は紅馬を恨むようにもなった。祖父は粉ひき小屋で馬に石臼を回させようと言ったが、爺さんはきっぱりと首を横に振った。「怒山の馬はそこいらの家畜ではない。石臼など回させてはならん。馬が回したら、人は何をする？　おれが回せばいいじゃないか？」

怒山人でなければ、紅馬の尊厳をまず理解できない。紅馬は僕の故郷、楓楊樹村を自由に駆け回り、君の家の窓から見える場所を自由気ままに駆け回る。君は毎日、紅馬を見ることはできるが、決して紅馬の神秘的な生活に立ち入ることはできない。紅馬は彼の主人だけのものなのだ。

その後、祖父は山の上の粉ひき小屋を訪ねる時、必ず紅馬を避けていくようになった。祖父の紅馬への想いは、底の見えない暗い井戸のように深かった。ある日、祖父は怒山の爺さんに言った。「栗を刈り入れたから、ローラーと石臼を返してくれ。おれも挽かなきゃならないから」爺さんは言った。「おい、寝惚けた事をぬかすな、くれると言っただろ？」祖父は笑いだした。「あんたこそ呆けちまったんじゃねえのか？　おれは一度だって無駄に物をくれてやったことなんかねえ。粉ひき小屋はおれのものだ、紅馬があんたのものであるようにな」「返すわけにはいかん。もし粉ひき小屋がなければ、おれはどうやって鎖と馬を養えばいい？」祖父は長いこと考えて言った。「なら、取引をしよう。粉ひき小屋は、しばらくはあんたのものだ。だが、おれが刈り入れた穀物は全てあんたが挽いてくれ」

　この取引は祖父が仕掛けた真綿で首を絞めるような罠であることに、君は気づくだろう。それは僕の故郷の男たちが心に秘めた狡賢さと独占欲によって仕掛けられたもので、今やあっさりと怒山の爺さんをひっかけたのだ。

　鎖は明け方のまだ薄暗いうちに目を覚まし、馬に秣をやった。彼は馬の背中を撫でていた。鎖はこうやって手で触れることによってのみ、馬と共にいることを実感することができた。山の上の石の小屋には干草と食糧の香りが満ちており、鎖が木のドアを押し開けると楓楊樹村の風と霧が真正面から吹き込んできた。故郷を離れてからの鎖の生活は毎日こんなふうだった。だが、変化とはいつも音も気配もなくやって来るものだ。

　この物語は、怒山の爺さんがすっかり老いさらばえるまでの歳月を語らなければならない。爺さんは紅馬が消える前夜になって、すっかり老いさらばえてしまった。

　鎖は爺さんが莚の寝床で咳をしているのを、この歳になって初めて聞いた。怒山では、瀕死の人だけがこれほどひどく咳き込む。鎖は怯えながら爺さんの方を見た。怒山の爺さんは荒れ狂う強風になぎ倒された老木のように、莚の上に横たわっていた。だが、なぜその風は少しも見えないのだろう。

「鎖、こっちへ来い。なあ、おれの脚は亡霊にたたき斬られちまったのか？　おれの喉は亡霊に絞められちまったのか？　おれは、なんだって起き上がれないんだ？」

　鎖は爺さんの傍まで這っていった。爺さんが吐く息は濁っていて枯草の臭いがした。これまで、明け方になると猛々しく勃起していた爺さんの生殖器は、急に哀れなほど萎びてしまった。鎖が爺さんの重たい頭をさっと抱きかかえると、君には再び鎖の泣き声が聞こえてくる。ある種の幻想が失われるそのとき、君には決まって鎖の泣声が聞こえるだろう。

「爺ちゃん、亡霊なんかいないよ。爺ちゃんは年を取ったんだ」

「違う。おれは夜中に亡霊に斬られただけだ。亡霊がおれたちの馬を盗もうと山から下りて来たのを見たんだ。おれは亡霊に斬られただけだ」

「爺ちゃん、みんなが僕らの紅馬を盗もうとしているんだ」

「鎖、この世の家畜の中で馬だけは盗めんのだ。馬の心は人と瓜二つだ。馬の目は闇夜の中でも身内の者を見つけられる」

　君の予想通り、紅馬が石臼を回す朝はこの日にやって来る。鎖はその日、馬を川辺に放しに行かなかった。怒山の紅馬は面掛（おもがい）で繋がれ、山の上の石の小屋の中で立っていた。馬の目は哀しげで、これから苦難に遭うことを見抜いていた。怒山の爺さんは鎖に言った。「おれたちの馬はもうすぐ石臼を回すことになる。黒い布を探してきて馬の目を覆ってやれ。馬に石臼を見せてはいかん。馬に自分の苦しみを見せてはいかん」

　君があの日、もし山の上の石の小屋へ行っていたなら、怒山の紅馬がどうやって石臼を回し始めたか見たことだろう。目を黒い布で覆ってやると、はじめて馬はぐるぐると石臼の周りを走り、臼を回し始めた。君があの日、もし山の上の石の小屋へ行っていたなら、怒山の爺さんと孫が、一人は横たわって、一人は跪いて、紅馬が臼を回すのを黙ってじっと眺める姿を見たことだろう。彼らは熱い涙をとめどなく流した。

「鎖、もしも馬と話ができるなら伝えてくれ。おれの病気が治れば二度とこんな苦しい目に遭うことはないと」

「馬が泣いてる。爺ちゃん、聞こえたかい？」

「鎖、紅馬に伝えてくれ。おれたちがこんな苦しい目に遭うのは、全て怒山を離れたからだ。おれたちは他人（よそ）の土地に来たために気力も体力も衰えてしまったのだ」

「本当に、馬が泣いているよ。爺ちゃん、聞こえるかい？」

　君たちの予想していた通り、紅馬が石臼を回す朝がやって来た。辺りの霧が晴れ、陽（ひ）の光が次第に明るくなってくると、僕の祖父が籾（もみ）を一袋担いで山の麓からやってきた。

　あらゆる物語の中で、老人は終（つい）には死を迎え、子供は魂に棲みつく神となる。怒山の爺さんは耄碌してしまった。実際、彼には莚から起き上がり馬の面掛を外すことはもうできなかった。そのため、紅馬が臼を回す重苦しい蹄の音は日々繰り返され、昔からあったような聞き慣れたものとなっていった。

鎖が伝説の紅馬の小さな恋人であることを忘れてはいけない。紅馬が臼を回す長い歳月の間、彼は馬を見守り続けた。君がある日、鎖が泣く意味を悟った時には、すでに紅馬は山の上の粉ひき小屋を離れ遥か彼方へと駆け去り、僕らの視界の外へと遠く離れてしまっていることだろう。

僕の祖父は、自分の罪業（ざいごう）は傘の形をした毒キノコで、まさにこの年に開いたのだと言った。祖父はこの年に、雄々しい腕力と精神力を鍛え上げた。それは怒山の爺さんに感化されたからだが、祖父はその力を使って爺さんに復讐した。祖父は、ある闇夜に楓楊樹村の男四人をかき集め、こっそりと山の上の粉ひき小屋へ向かった。僕の祖父は馬を奪いに行ったのだ。あの霧の深い夜は、心の中ではぼやけていたが、おそらく実際に起こったことなのだ。馬泥棒たちは、紅馬の嘶きを聞くと怖れおののいた。彼らは太い麻縄を一束持っていた。彼らが石の小屋に入っていったのは、つまり君が悪夢にうなされていた時だ。怒山の爺さんは暗闇の中に横たわり、入口に並んだ影をじっと見つめながら、身動き一つせずに言った。

「遅かれ早かれお前らが来るだろうと思っていた。悔しいことに、おれは病気で動けん」

僕の祖父は覆面を引き剥がすと爺さんに近づき、彼を縛り上げた。祖父は銅鼓（どうこ）のような二本の腕だけで爺さんを縛り上げたのだと言った。一切はかねてから企んでいたことだった。祖父は馬を盗む時、人類の禁忌（タブー）を忘れ去っていた。

「おまえら、ちょうどいい時に来たな。鎖は出かけている。もし鎖がいたら、おまえらに馬を奪うことはできまい」と爺さんは言った。

僕の祖父が怒山の紅馬に近づいていくと、馬がまた嘶き始めた。その声は激しい戦き(おのの)に満ちていた。紅馬は全身から光を放っていて、それは暗闇の中で金山が崩れていくかのようだった。

「馬の目を覆っている布に注意しろ、馬に顔を見られないように気を付けるんだな」と爺さんは言った。

僕の祖父はついに馬の銀の首輪をつかんだ。祖父が手を震わせてそれを撫でていると、馬のたてがみがふいに顔に触れた。祖父の顔は燃えるように熱く沸き立った。

「おまえら、馬を引いて部屋を出たら、馬はきっと飛ぶように駆け始めるぞ。気をつけろ」

祖父の本当の罪業は紅馬の目隠しを外したことだった。彼はその瞬間を思い出すたびに後悔した。目隠しが地面に落ちるや否や、紅馬は前脚を高く上げ、放たれた矢のように石の小屋から駆け出した。馬泥棒たちが見たものは赤い閃光の塊で、それは夜の谷へと疾走していった。紅馬は遠くへ去ってゆく時、しきりに後ろを振り返った。君は、それを紅馬が怒山の男の子、鎖を呼んでいたのだと想像してかまわない。

僕の祖父がまたチャルメラを吹き、鎖の泣声を真似ているのが聞こえるだろう。鎖は体中に野生の蔓草をまとった裸の男の子だと想像してもらいたい。鎖は川の中で立ち小便をして空を見上げるや否や、紅馬が遠ざかってゆくのを目にした。途方もなく美しい一頭の紅馬が、たてがみをなびかせて天空へと駆け上がり、今まさに遠ざかってゆく。鎖は指を口にくわえ大声で泣き出した。僕らにとっては、鎖の泣声は百年も響き続けている。鎖の泣声はいたるところから聞こえるというのに、もう二度と彼の姿を見ることはできない。紅馬の小さな恋人は馬と共に遠くへ行ってしまったのだ。

永遠へ戻った馬、永遠へ戻った人、彼らは二度と戻らないだろう。

✺訳者あとがき

蘇童は一九六三年に蘇州最北端の斉門外大街で生まれ、十八歳までの日々を過ごす。この実生活を少年の視点から描き出した作品群は、香椿樹街と蘇州城北地帯を舞台とするものであり、〈桑園留念〉《城北地帯》《黄雀記》などがある。また、両親の生まれ故郷である農村、江蘇省楊中県を鮮烈なイメージと実験的な文体を駆使して描き出した作品群は、楓楊樹村を舞台とするものであり、〈一九三四年的逃亡〉〈罌粟之家〉などがある。今回訳出した「紅馬を弔う」は後者に属するものである。更に、蘇童には歴史を題材にした作品群があり、《我的帝王生涯》《武則天》〈妻妾成群〉（張芸謀（ジャン・イーモー）監督により《大紅灯篭高高掛》とのタイトルで映画化、日本語タイトルは『紅夢』、第四四回ヴェネツィア国際映画祭で銀獅子賞を受賞）などがある。

以下は、訳者が今回「紅馬を弔う」を翻訳したいと思い立った個人的なきっかけである。娘が幼稚園の頃、我が家の小犬が寿命を迎えた。娘は初め全く泣かなかったが、徐々に死の意味を理解し始めると、二度と会えないことを知って泣き暮らすようになった。悲しみに暮れる娘を見た祖母は心を痛め、心にふと浮かんだ小さなイメージを娘に語った。「そんなに泣いてばかりじゃ駄目。モカ（仮称）があなたを心配して天国から家に帰ってきたらどうするの。天国は滅多に入れない場所だから、モカが家に戻ってきてしまって、二度と天国に入れなくなったらどうするの。だから泣かないで」この話を聞いた後、娘は徐々に元気を取り戻していった。常識的に考えれば、時の流れが娘を癒しただけかもしれない。しかし、訳者は今でも「天国に住むモカ」のイメージが娘の心を癒し、支えたのだと感じている。訳者は「永遠へ戻った紅馬」のイメージに触れた時、この祖母の物語を思い出した。失われゆくものへの慈しみと共に。

蘇童の邦訳には、『河・岸』（白水社、二〇〇八）、『碧奴：泣く女』（角川書店、二〇一二）（共に飯塚容訳）、竹内良雄、堀内利恵訳の中短編小説集『離婚指南』（勉誠出版、二〇一二）などがある。

■齋藤晴彦（さいとう　はるひこ）
翻訳に、蘇童「海辺の羊たち」「莫医師の息子」「十九間房」（以上『中国現代文学』ひつじ書房）、蘇童「赤ん坊を拾った話」『言語社会13』（一橋大学大学院言語社会研究科）などがある。

［本の紹介］

徐則臣《北上》

（北京十月文藝出版社、二〇一八年十二月）

趙暉

「七〇後作家的光栄（七十年代生まれの作家の誉れ）」と評価されている徐則臣は、これまでに中国の政治・文化の中心地である北と経済が優越していた南を結ぶ京杭大運河を舞台にした作品を数多く発表してきた。特に運河のほとりにある故郷をモデルにした町「花街（ホアジエ）」に暮らす人々を描いた「花街シリーズ」は、彼の文学の重要な部分となっていて、運河によって育まれた風土・文化、そこに育ち生きる老若男女の物語が読者を魅了している。二〇一四年に出版され、人民文学長編小説賞・老舎文学賞・第十三回華語文学メディア大賞をはじめとする数多くの文学賞を受賞した長編小説《耶路撒冷（エルサレム）》にも、作者の運河への強い思いが感じられたが、ここで紹介する《北上》は、いよいよ真正面から運河を描いたのだと感じさせる作品だ。

物語は、南から北へと二五〇〇年も流れてきた全長一七九七キロの運河を舞台に、清朝末期の一九〇一年から始まる。八カ国連合軍が中国を蹂躙していた時期、ポーロ・ディマークというイタリア人冒険旅行家が、中国で行方不明になった弟のフィールド・ディマークを探すため、中国文化を考察する名目で運河のほとりにやってくる。彼は自分の名前がベネチアの商人、旅行家であったマルコ・ポーロに近いので、「小波羅（ポーロ）」と自称している。小ポーロは通訳の謝平遥（シエ・ピンヤオ）と共に、荷担ぎや水夫、元義和団員などの労働者を従えて、杭州や無錫から出発し、運河を北上してゆく。小ポーロは自由奔放なお調子者で、何事に対してもいい加減な態度を取る。中国文化に強い好奇心を持っているが、西洋人の傲慢と偏見を強く感じさせる。彼に同行する謝平遥は国内事情と海外の新しい世界を共に知る知識人として、大変革の時代を目前に、北上の旅をしつつ自らの知識人としてのあり方や国の行く末について考えてゆく。春が過ぎ、盛夏となり、ようやく運河の最北端の地である通州に辿り着くが、不幸にもディマークはチフスを患い、船上で亡くなる。ちょうどその頃、光緒帝が運河による運送を禁じる令を発し、以来、運河は廃れてゆく。

この百年前の話と平行して、現代の物語も展開する。そして、二〇一四年、運河は世界文化遺産に登録され、運河をテーマにした国際シンポジウムが開催される。はたして運河は百年の星霜を経て、ディマークと謝平遥の子孫達を引き合わせることになるのか、といった点も読者を引きつける。過去と現在、中国人と外国人の視点を行き来しながら、運河の両岸で暮らしてきた三世代数十人の人物の、複雑に絡みあう物語が読者の目の前に繰り広げられる。

徐則臣は、《北上》を通して、眠っている運河を蘇らせることを心がけたという。作中には、文化の伝達路でもあるこの運河にまつわる地理や歴史、考古学や民俗学、絵画や写真、商業・宗教・倉庫貯蔵の文化など、多くの知識が記されている。執筆にあたり、徐則臣は四年をかけて、七十冊もの運河に関する専門書を読破し、実際に幾度も運河を往復して、両岸の町や村へ足を運んだ。資料調査とフィールドワークに基づく記述に加え、京杭大運河と近代化に関する考察が見られ、博士論文を書けるのではないかと言われるほどである。同時に、運河と共にある人々の日常のディテールにこだわった描写は味わい深く、それはまるで宋の都・開封（カイフォン）の都城内外の賑わいを描いた「清明上河図」のようだ。運河こそ《北上》の主人公ではないかと思う。

作者の徐則臣は現在、《人民文学》の副編集長を務めている。事務、出張、様々な会議で多忙な日々を送っており、週末などの休日だけ自宅で缶詰状態になり執筆に取組んでいるという。ごく限られた時間にもかかわらず、多くの良質な作品を発表し続けている。《耶路撒冷》では、老舎文学賞の最年少受賞作家としても注目された。そして《北上》では、茅盾文学賞の最年少受賞作家として、改めてその実力が注目されている。茅盾文学賞受賞後、次作長編のタイトルは《南下》にすると、運河文化を広げる創作に意欲を示している。

（ちょう　き）

【編集後記】

◆今号は小説四編を掲載します。郝景芳「遠くへ行くんだ」は、非力な若者が社会貢献の理想を追求しつつ自分の最善の道を模索するさまが直球に描かれた作品です。星秀「〝春の日〟に」には、若い女性が家庭環境の負の連鎖を断ち切ろうともがくさまが描かれています。葉広芩「盗御馬」には、文革期に農村で過ごした青年たちの飢えた感覚が描かれます。以上の三編は、それぞれ趣は異なりますが、若者の渇望や苦悩、葛藤や奮闘に焦点を当てた青春の物語です。青春期の、人生に対する真摯さ、あるいは必死さが、それぞれの作家の感性と筆致で表現されています。◇蘇童「紅馬を弔う」は、尊きものが雄々しく美しい紅馬に象徴された伝説風の物語です。チャルメラの響きと共に紅馬のいた昔が鮮やかに蘇り、語り継がれます。◇今号に掲載した「盗御馬」では、出身によって前途が決まった文革期の事情が窺われますが、この問題は今日の中国でも、やや形を変えて存在しています。世襲で特権や人脈を受け継いだ高級幹部の子弟たちは「太子党」と揶揄されており、戸籍制度が格差を生み出し続けているとの批判があります。現在では戸籍制度の改革を進めていますが、格差解消にはまだ道遠しといったところです。一方、我が国でも、生まれた環境による「子どもの貧困」が年々拡大しているとのこと、同様の問題を抱えています。

◆昨年夏に中国や中華圏、北米で公開され、「2019東京・中国映画週間」でも公開されたアニメ映画『ナタ〜魔童降臨〜』（原題《哪吒之魔童降世》）は、中国国産アニメ史上最高のヒットを記録したそうです。映画の中で、主人公ナタは手違いにより悪魔として生まれ、怪力と粗暴さのせいで人々に恐れられ軽蔑されます。孤独なナタは、龍族の復活を託されて生まれたアオビンと出会い、友となり、やがて敵対することになります。ナタは、父の命令に忠実なアオビンに対し、運命は自分で決めるんだと言い、身を以て示します。そして二人は共に新たな道を切り拓きます。観客は運命を克服した二人の姿に心を打たれたようです。◇ちなみにこの冬人気のディズニー映画『アナと雪の女王2』もまた「into the unknown」と謳っていました。◇勇気をもって未知の世界へ踏み出し、先人の限界を超えてゆく若者の姿は何と魅力的なのでしょう。

（上原）

陳応松、王蒙ほかの作家の作品を含め鋭意翻訳中！
次号以降もどうぞご期待ください。

✳第二十三号　二〇二〇年十一月刊行予定

第21号（二〇一九年七月刊行）目次

中国現代文学　第22号

Contemporary Chinese Literature　No.22
Edited by The Society for the Translation of Contemporary Chinese Literature

発行日　二〇二〇年四月三〇日

編集　中国現代文学翻訳会
〒192-0393　東京都八王子市東中野七四二-一
中央大学法学部 栗山研究室
lishan@tamacc.chuo-u.ac.jp

発行　株式会社 ひつじ書房
〒112-0011　東京都文京区千石二-一-二 大和ビル2F
電話　〇三-五三一九-四九一六
FAX　〇三-五三一九-四九一七　http://www.hituzi.co.jp/

装丁・組版　板東 詩おり
表紙写真　Shanshan
印刷・製本　株式会社 TOP印刷
定価　二〇〇〇円+税

ISBN 978-4-8234-1030-7　Printed in Japan